KB171433

# 보이지 않는 아이

아홉 가지 무민 골짜기 이야기

**무민 도서관**

보이지 않는 아이 : 아홉 가지 무민 골짜기 이야기

초판 1쇄 발행일_2018년 10월 18일 | 초판 3쇄 발행일_2023년 7월 4일
글 · 그림_토베 얀손 | 옮김_이유진
펴낸이_박진숙 | 펴낸곳_작가정신 | 출판등록_1987년 11월 14일(제1-537호)
주소_(10881) 경기도 파주시 회동길 216 2층 | 전화_(031)955-6230
팩스_(031)955-6294 | 이메일_mint@jakka.co.kr | 홈페이지_www.jakka.co.kr

ISBN 979-11-6026-653-5 04890
ISBN 979-11-6026-656-6 (세트)

Det osynliga barnet


* 책값은 뒤표지에 있습니다. * 잘못된 책은 바꾸어 드립니다.
* 이 책의 등장인물을 포함한 고유명사는 가독성을 위하여 국내에 널리 소개된 표기를 따랐습니다.

DET OSYNLIGA BARNET

# 보이지 않는 아이

아홉 가지 무민 골짜기 이야기

토베 얀손 무민 연작소설

이유진 옮김

작가정신

소피아에게

NW
NO
W
Ö
SW
S
SO
해티패티들의 섬
외로운 산
동굴
모래밭
라일락 덤불
장작 창고
재스민 덤불
담배밭
베란다
거실
사향뒤쥐의 방
헤물렌의 방
무민 가족의 집
토프슬란과 비프슬란의 방
아래층
부엌
화덕
욕실
KARTA ÖVER MUMINDALEN
무민 골짜기 지도
위층
무민 마마의 방
무민파파의 방
무엇이든 할 수 있는 방
좁은 통로
스니프의 방
스노크 남매의 방
손님용 방
스너프킨과 무민의 방
Tove

# 차례


첫 번째 이야기 봄노래 ······ 9

두 번째 이야기 무서운 이야기 ······ 29

세 번째 이야기 재앙을 믿었던 필리용크 ······ 50

네 번째 이야기 세상에 남은 마지막 용 ······ 82

다섯 번째 이야기 침묵을 사랑한 헤물렌 ······ 104

여섯 번째 이야기 보이지 않는 아이 ······ 135

일곱 번째 이야기 해티패티들의 비밀 ······ 159

여덟 번째 이야기 세드릭 ······ 191

아홉 번째 이야기 전나무 ······ 206

# 첫 번째 이야기

## 봄노래

평온하고 구름 한 점 없었던 4월 끝자락 어느 저녁, 스너프킨은 눈이 녹지 않고 남아 있을 만큼 머나먼 북쪽에 있었다.

스너프킨은 하루가 다 가도록 때 묻지 않은 자연 풍광 속을 걸었고, 머리 위에서는 철새들이 우는 소리가 끊이지 않고 들려왔다.

철새들도 남쪽에서 고향으로 돌아가는 길이었다.

배낭은 텅 비었다고 해도 좋을 정도였고 걱정거리도 없었기 때문에 스너프킨은 발걸음이 가벼웠다. 숲과 날씨와

자기 자신까지 모두 마음에 들었다. 내일도 어제처럼 멀게만 느껴질 뿐이었지만 바로 이 순간, 태양은 자작나무 사이에서 새빨갛게 빛나고 있었고 공기는 서늘하고도 부드러웠다.

스너프킨은 생각했다.

'노래 짓기 좋은 저녁이군. 첫 소절에는 마음속 기대를, 두 번째 소절에는 봄의 우수를 그리고 나머지 소절에는 홀로 걸으며 느끼는 만족감과 끝없는 즐거움이 담길 새 노래를.'

노랫가락은 이미 여러 날 동안 머릿속에서 맴돌고 있었지만 스너프킨은 아직 꺼낼 엄두를 내지 못하고 있었다. 노랫가락이 무르익어 하모니카를 불기만 하면 음계가 모두 딱 맞아떨어지게 제자리를 찾겠다고 자부할 수 있을 정도로 만족스러워야만 했다.

스너프킨이 노랫가락을 너무 일찍 꺼내면 선율이 거꾸로 처박혀서 기껏 해야 그저 그런 노래가 되거나, 노래를 지을 마음이 사라져 두 번 다시 노랫가락을 떠올리지 못하게 될지도 몰랐다. 노랫가락이 즐겁고도 서글플 때는 특히 더 신중하게 다루어야 했다.

그렇지만 오늘 저녁, 스너프킨은 노랫가락을 꺼내도 되겠다는 생각이 들었다. 머릿속 노래는 완성되었다고 보아도 좋을 정도로 무르익었고, 이제껏 스너프킨이 지은 그 어떤 곡보다 훨씬 좋을 터였다.

그리고 무민 골짜기에 도착한 스너프킨이 강물 위 다리 난간에서 새 노래를 연주하기 무섭게 무민은 이렇게 말해 주리라.

"노래 좋다. 정말 좋은걸."

스너프킨은 머릿속에 떠오른 걱정거리 때문에 이끼밭에 멈추어 섰다. 무민이 눈이 빠지게 기다리고 있었다. 집에 앉아 기다리고 있을 무민은 고맙게도 "마음 가는 대로 해야지. 물론 넌 틀림없이 떠나겠지. 나도 네가 가끔 혼자 시간을 보내야 한다는 사실을 이해할 수 있으면 좋겠다." 라고 말했었다.

그와 동시에 무민의 두 눈은 실망과 걷잡을 수 없는 그리움으로 까매졌었다.

스너프킨은 발걸음을 옮기며 말했다.

"이런, 이런. 아이고, 이런, 이런. 무민은 마음이 너무 여리다니까. 그 친구도 참. 좋은 트롤이지만, 이제 무민 생각은 그만해야겠어. 오늘 저녁에는 노랫가락이랑 단둘이 보내야지. 다시 오지 않을 저녁이니까."

잠시 뒤, 스너프킨은 무민 생각을 털어 버렸다. 마음에 드는 야영지를 찾으려고 킁킁대고 다니다가 숲 속 저 깊은 곳에서 시냇물 소리가 들려오자 스너프킨은 곧장 그쪽으로 갔다.

나무 둥치 사이에서 마지막 붉은 햇살까지 사그라지자, 이제 봄날 저녁의 푸른 어스름이 천천히 찾아왔다. 숲은 온통 푸른빛으로 물들었고 어스름 속으로 점점 더 깊이 빠져드는 자작나무는 새하얀 기둥 같아 보였다.

시내는 멋졌다.

투명한 갈색으로 지난해 쌓인 낙엽 더미 위를 춤추듯 흐르던 시냇물은 겨울이 잊고 간 얼음 구멍을 지나 이끼 속으로 방향을 틀었다가 작은 폭포를 만나 하얀 모래가 깔린 바닥에 곤두박질쳤다. 시냇물은 가끔 모기처럼 장조로 노래했고 또 가끔은 크고 험악한 소리를 내려고도 했다가 눈 녹은 물로 목을 조금 축이고는 보란 듯이 웃음을 터뜨렸다.

스너프킨은 축축한 이끼밭에 우뚝 서서 귀를 기울이며 생각했다.

'내 노래에 시냇물이 들어가야겠어. 후렴 같은 자리에.'

바로 그 순간 폭포 낭떠러지에 있던 돌이 하나 빠졌고, 시냇물의 노랫가락이 한 옥타브 바뀌었다.

스너프킨이 감탄했다.

"나쁘지 않은걸. 바로 저렇게 들려야 해. 노랫가락 중간에 들어가는 새 음조가 딱 저렇게 들려야 한다고. 시냇물로 색다른 노래를 지어 봐도 괜찮겠어."

스너프킨은 낡은 냄비를 꺼내 들고 폭포 아래에서 물을 채웠다. 그런 다음, 땔감을 찾으러 전나무 숲으로 들어갔다. 숲은 녹은 눈과 봄비로 축축했고, 스너프킨은 마른 땔나무를 구하느라 가지가 무성한 채로 바람에 쓰러진 나무 밑으로 바스락거리며 들어갔다. 스너프킨이 손을 뻗은 바로 그 순간, 누가 소리를 내지르며 전나무 밑을 쏜살같이 지나가더니 오래도록 숲을 향해 작게 소리 질렀다.

스너프킨이 혼자 중얼거렸다.

"그래, 그렇지. 덤불마다 온갖 작은 녀석들이 있지, 암. 녀석들이 늘 저렇게 긴장을 풀지 못하다니 알다가도 모를 일이야. 작을수록 더 가만히 있지를 못한다니까."

스너프킨은 마른 나무 그루터기 하나와 작은 땔나무를 조금 가져다 시냇가 한 귀퉁이에 침착하게 모닥불을 피웠다. 모닥불은 금세 지펴졌고, 스너프킨은 능숙하게 저녁을 준비했다. 마지못할 때가 아니면 스너프킨은 절대로 다른 누구에게 저녁을 대접하지 않았고, 남들이 저녁을 어떻게 하든 신경 쓰지도 않았다. 다들 밥을 먹을 때면 늘 이야기를 나누고 싶어 안달이었다.

게다가 다들 의자와 식탁이 있어야 좋아하고 심지어 냅킨을 쓰기도 했다.

스너프킨은 밥을 먹으려고 옷을 갈아입는 헤물렌도 있다는 이야기를 들어 본 적은 있었지만, 그저 소문일지도 몰랐다.

멀건 수프를 먹는 내내 스너프킨은 자작나무 아래 깔린 초록빛 이끼밭만 멍하니 바라보았다.

노랫가락은 이제 정말 바싹 다가들어서 꼬리만 붙잡으면 되었다. 하지만 노랫가락이 달아날 구멍이라곤 없으니 스너프킨은 기대에 부푼 시간을 보내기로 했다. 설거지부터 하고 담뱃대를 빼문 다음, 모닥불이 은은히 타오르고 숲에서 야행성 동물들이 서로를 소리쳐 부를 때, 바로 그때가 노래를 지을 때였다.

스너프킨이 시냇물에 냄비를 부시는데 작은 녀석 하나

가 눈에 들어왔다. 녀석은 시냇가 맞은편 나무뿌리 아래에 앉아 덥수룩한 앞머리 사이로 빤히 바라보고 있었다. 겁에 질리긴 했지만 무척 흥미로워하는 눈빛으로 스너프킨이 무얼 하든 눈으로 좇고 있었다.

덥수룩한 머리 아래로 수줍어하는 두 눈이 있었다. 남들이 자신을 알아채지 못할 때 으레 짓곤 하는 표정으로.

스너프킨은 작은 녀석을 보지 못한 척했다. 불씨를 모으고 전나무 잔가지를 자르며 앉아 있었다. 담뱃대를 꺼내 천천히 불을 붙였다. 봄노래를 기다리며 고운 구름 같은 담배 연기를 밤하늘에 내뿜었다.

하지만 노래는 나오지 않았다. 그 대신, 스너프킨이 무얼 하든 따라다니며 감탄하는 작은 녀석의 눈길만 느껴졌고, 스너프킨은 점점 불편해지기 시작했다.

스너프킨이 두 손을 모아 쉬 하고 소리쳤다.

그러자 작은 녀석은 숨어 있던 나무뿌리 아래에서 슬그머니 나와 무척 수줍어하며 말했다.

"나 때문에 놀라지는 않았지? 네가 누군지 알아. 스너프킨이지."

그러더니 작은 녀석은 시내로 곧장 뛰어들어 건너오기 시작했다. 그렇게 작은 녀석에게는 아주 큰 시내였고 물은 차가웠다. 작은 녀석은 발 디딜 자리를 두어 번 잃어

물속으로 고꾸라졌지만, 잔뜩 화가 난 스너프킨은 도와주지 않았다.

마침내 불쌍하게 깡마른 녀석이 시냇가로 기어 올라와서는, 이빨을 맞부딪히며 인사했다.

"이렇게 널 만나게 되다니 정말 행복해."

스너프킨은 쌀쌀맞게 말했다.

"안녕."

"네 모닥불에 몸 좀 녹여도 될까?"

작은 녀석은 흠뻑 젖은 얼굴을 반짝이며 말을 이었다.

"내가 스너프킨의 모닥불 옆에 앉은 적이 있다고 생각만 해도 얼마나 좋은지 몰라. 죽을 때까지 절대로 잊을 수 없을걸."

작은 녀석은 더 가까이 다가와서는 한 손을 스너프킨의

배낭에 얹고 진지하게 속삭였다.

"여기에 하모니카가 들어 있어? 이 안에?"

스너프킨은 퉁명스럽게 말했다.

"그래."

스너프킨의 외로운 노랫가락이 사라져 버렸다. 분위기를 망쳤다. 스너프킨은 담뱃대를 꽉 물고 자작나무 사이를 뚫어지게 바라보고 있었지만 아무것도 눈에 들어오지 않았다.

작은 녀석은 천연덕스럽게 소리쳤다.

"너 때문에 내가 거슬릴 일은 없어. 그러니까, 네가 하모니카를 불고 싶다면 말이지. 음악이 얼마나 듣고 싶은지 몰라. 음악을 들어 본 적이 한 번도 없거든. 하지만 네 이야기는 들어 봤어. 고슴도치랑 토플이랑 우리 엄마가 이야기해 줬지……. 토플은 널 보기까지 했대! 그래, 너는 신경도 쓰지 않겠지만……. 여기는 별다른 일이 일어나질 않거든……. 그래서 우리는 꿈을 아주 많이 꿔……."

스너프킨이 물었다.

"음, 그런데 넌 이름이 뭐야?"

오늘 밤은 틀렸다고 생각하자, 스너프킨은 어떤 말이든 꺼내기 쉬워졌다.

작은 녀석은 안절부절못하며 대답했다.

"나는 너무 작아서 이름이 없어. 아무도 나한테 이름을 물어본 적이 없다고 생각해 봐. 그런데 이야기로만 들어서 무척 보고 싶었는데, 네가 이렇게 나타나서 내 이름이 뭔지 물어보다니. 혹시 괜찮으면, 해 줄 수 있으면, 그러니까 내 말은, 혹시 네가 나한테 나 말고 다른 누구의 것도 아닌 이름을 지어 주면 엄청 번거로울까? 바로 오늘 저녁에 말이야."

스너프킨은 혼잣말을 중얼거리며 모자를 깊이 눌러썼다. 누가 기다랗고 날렵한 날개로 시내를 날아 건너더니 숲 속에서 구슬프고도 길게 소리쳤다.

"유—유우, 유—유우, 티—우우……."

불현듯 스너프킨이 말했다.

"누구를 너무 깊이 좋아하면 참다운 자유는 절대로 만끽할 수 없어. 난 알고 있지."

작은 녀석은 더 가까이 다가오며 말했다.

"네가 모르는 게 없는 줄은 알아. 네가 못 본 게 없는 줄도 알아. 넌 뭐든 진실만 말하고 나도 너처럼 자유로워지고 싶어. 이제 넌 무민 골짜기 집으로 돌아가서 쉬면서 친구들도 만나겠지……. 고슴도치가 그랬는데 겨울잠을 자고 일어난 무민이 깨자마자 너를 보고 싶어 했대……. 목을 빼고 기다리고 또 기다리는 누군가가 있어서 기쁘지 않아?"

스너프킨이 고래고래 소리쳤다.

"나는 내가 괜찮다 싶을 때 돌아가. 두 번 다시 가고 싶지 않을지도 몰라. 전혀 다른 쪽으로 갈지도 모르고."

작은 녀석이 말했다.

"아. 그럼 무민이 슬퍼할 텐데."

온기에 작은 녀석의 몸이 마르기 시작했고, 앞쪽 연갈색 털가죽이 보드라워졌다. 작은 녀석은 다시 배낭을 만지작거리며 조심스럽게 물었다.

"있지……. 넌 여행을 아주 많이 다녀서……."

스너프킨이 말했다.

"아니. 이제 그만해."

스너프킨은 씁쓸하게 생각했다.

'왜 다들 내가 그냥 떠돌아다니게 내버려두질 않지? 내가 그 이야기를 하고 나면 죄다 엉망진창이 되어 버리는 줄을 도대체 왜 모르지? 이야기를 꺼내고 나면 모조리 사라져 버려서, 나중에 어땠는지 떠올리려고 하면 내 이야기만 기억나게 되는걸.'

오래도록 침묵이 흘렀고 밤에 우는 새가 또다시 소리쳤다.

이윽고 작은 녀석이 일어나 작은 목소리로 말했다.

"그래. 그럼 난 집에 갈게. 안녕."

"그래, 안녕."

인사를 한 스너프킨은 안절부절못했다.

"저기, 내 말 좀 들어 봐. 네 이름을 '티—티—우우'로 해도 좋겠어. '티—티—우우' 말이야. 즐겁게 시작해서 끝에는 슬픈 'ㅜ'를 길게 넣고."

작은 녀석은 불빛을 받아 노랗게 빛나는 눈으로 가만히 서 있었다. 자기 이름을 되뇌고, 곱씹고, 이름 소리에 귀를 기울이더니 이름 안으로 들어간 작은 녀석은 결국 하늘을 향해 고개를 쳐들고 홀린 듯이 새 이름을 느릿느릿 구슬프게 울부짖듯이 말했고, 스너프킨은 등골이 오싹해졌다.

그러더니 갈색 꼬리가 히스* 안으로 미끄러지듯 들어가

* **히스**(Heath)_ 진달래과의 관목.—옮긴이

버렸고, 주위가 잠잠해졌다.

스너프킨이 모닥불을 걷어차며 말했다.

"어휴."

스너프킨은 담뱃대를 두드려 털었다. 결국 스너프킨은 일어나 소리쳤다.

"어이, 돌아와."

하지만 숲은 고요하기만 했다.

스너프킨이 말했다.

"휴. 늘 친절하고 싹싹하게 굴 수는 없잖아. 그럴 새가 어디 있어. 그 녀석한테는 이름도 생겼으니까, 뭐."

스너프킨은 다시 자리에 앉아 시냇물 소리와 침묵에 귀를 기울이며 노랫가락을 기다렸다. 하지만 노랫가락은 오

지 않았다. 그 순간, 스너프킨은 노랫가락이 잡을 수 없을 만큼 멀리 날아가 버렸다는 사실을 깨달았다. 두 번 다시 잡을 수 없을지도 몰랐다. 쉴 새 없이 이야기를 늘어놓던 작은 녀석의 간절하고 수줍은 목소리만 머릿속에 맴돌았다.

"그런 작은 녀석들은 엄마랑 집에 있어야 하는데."

화내며 이렇게 말한 스너프킨은 전나무 잔가지로 만든 자리에 벌러덩 드러누웠다. 잠시 뒤, 벌떡 일어나 앉아 다시 숲에 대고 소리쳤다. 오랫동안 귀를 기울이던 스너프킨은 잠을 자려고 모자를 얼굴까지 눌러썼다.

다음 날 아침, 스너프킨은 길을 나섰다. 지치고 기분도 좋지 않아서 북쪽을 향해 앞만 보고 총총걸음으로 계속 걸었고, 머릿속에서는 노랫가락의 짤막한 첫 소절조차 떠오르지 않았다.

스너프킨은 작은 녀석 말고는 아무 생각도 할 수가 없었다. 몸이 너무 좋지 않아 기운 없이 주저앉아 버릴 때까지 스너프킨은 작은 녀석이 했던 말과 자신이 했던 말을 모조리 떠올리며 몇 번이고 곱씹었다.

스너프킨은 화가 나고 혼란스러웠다.

'도대체 이게 무슨 일이지. 전에는 한 번도 이런 적이 없

었는데. 어디 아픈 게 틀림없어.'

자리를 털고 일어나 천천히 걸음을 옮기기 시작하자, 작은 녀석이 했던 말과 자신이 했던 말이 다시 모조리 떠올랐다.

결국 더는 갈 수가 없었다. 늦은 오후 무렵, 스너프킨은 길을 되짚어 가기 시작했다.

이윽고 스너프킨의 몸이 가뿐해졌다. 스너프킨은 점점 더 빨리 걸었고, 내달리다 비틀거리기도 했다. 짤막한 노래가 귓가에 맴돌았지만 스너프킨은 노랫가락을 붙잡을 시간이 없었다. 저녁이 되어 다시 자작나무 숲으로 들어간 스너프킨이 소리쳐 부르기 시작했다.

"티—티—우우! 티—티—우우!"

그러자 밤에 우는 새들이 잠에서 깨어 "티—우우, 티—우우" 하고 대답하는 소리가 들려왔지만, 작은 녀석은 아무 대답이 없었다.

스너프킨은 이리저리 왔다 갔다 하며 노을이 질 때까지 작은 녀석을 찾아 소리를 질러 댔다. 빈터에 초승달이 떠오르자 어쩔 줄 몰라 하던 스너프킨이 달을 쳐다보며 가만히 섰다.

스너프킨은 생각했다.

'소원을 빌어야지. 초승달이 떴으니까.'

스너프킨은 늘 빌던 소원을 빌 뻔했다. 새로운 노래를 짓고 싶다고, 아니면 언제 한번 새로운 길을 찾아내고 싶다고.

하지만 스너프킨은 재빨리 마음을 바꾸어 말했다.

"티—티—우우를 찾게 되기를."

그런 다음, 자리를 세 바퀴 돌고 빈터를 건너 숲 속으로 들어가 시내를 건넜다. 덤불에서 바스락거리는 소리가 났고, 연갈색 털이 덥수룩하게 난 무언가가 보였다.

스너프킨이 느릿느릿 소리쳤다.

"티—티—우우, 너랑 이야기하려고 돌아왔어."

티—티—우우가 덤불에서 빠져나오며 말했다.

"와, 안녕. 잘됐다. 그럼 내가 뭘 했는지 보여 줄 수 있겠다. 문패야! 한번 봐! 내 집을 지으면 새로 생긴 내 이름을 문에 내걸 거야."

작은 녀석은 영역 표시를 새긴 자작나무 껍질을 뽐내듯

들어 올리고 말을 이었다.

"괜찮지 않아? 그렇지? 다들 감탄했어."

스너프킨이 말했다.

"멋지다! 네 집도 생기겠네?"

작은 녀석이 눈을 빛내며 말했다.

"물론이지! 이사도 할 테고, 이제 진지하게 살기 시작했어! 정말 신난다니까! 이름이 없을 때는 마냥 뛰어다니고 막연히 느끼기만 했거든. 주위에서 일어나는 일은 위험할 때도 있었고, 그렇지 않을 때도 있었지만 사실 아무것도 아니었고. 무슨 말인지 알아듣겠어?"

스너프킨이 뭐라 말하려 했지만, 작은 녀석이 그대로 말을 이어 갔다.

"이제 나도 어엿한 이름이 있고 주위에서 일어나는 일에도 다 의미가 있어. 그냥 일어나는 일이 아니라 티—티—우우인 나한테 일어나는 일이니까. 티—티—우우는 이렇게도 저렇게도 보고 생각할 수 있어. 무슨 말인지 이해할 수 있겠어?"

스너프킨이 말했다.

"그럼. 이해하고말고. 얼마나 재미있는지 모르겠어."

티—티—우우는 고개를 끄덕이더니 덤불 속에서 다시 무언가를 파헤치기 시작했다.

스너프킨이 말했다.

"알고 있겠지만, 어쨌거나 나는 무민한테 가려고 해. 무민이 정말 그리워졌거든."

티—티—우우가 말했다.

"응? 무민? 그래, 그렇구나."

"너만 좋다면 널 위해 연주를 조금 해 줄 수도 있어."

스너프킨이 말을 이었다.

"아니면 이야기를 들려줄 수도 있고."

작은 녀석이 덤불에서 나와 말했다.

"이야기? 응, 그렇지. 오늘 밤 말이구나. 너라면 이해하겠지만, 내가 지금은 좀 바빠서……."

연갈색 꼬리가 히스 안으로 미끄러지듯 들어가 버렸고, 아주 잠깐 사라졌다가, 조금 떨어진 곳에서 티—티—우우의 두 귀가 솟아오르더니, 기쁨에 겨워 소리치는 티—티—우우의 목소리가 들려왔다.

"잘 가. 무민한테도 안부 전해 줘! 이제껏 시간을 너무 많이 버렸으니까, 난 이제 바쁘게 살아야 해!"

그리고 눈 깜짝할 새에 사라졌다.

스너프킨이 머리를 긁적이며 말했다.

"그렇지, 그래. 그래야지."

스너프킨은 이끼밭에 등을 대고 드러누워 새파란 봄 하

늘이 나무 꼭대기 위에서 바다 같은 초록빛으로 물드는 광경을 지켜보았다. 머릿속 어딘가에서 첫 소절에는 마음속 기대를, 두 번째 소절에는 봄의 우수를 그리고 나머지 소절에는 홀로 걸으며 느끼는 만족감과 끝없는 즐거움이 담긴 스너프킨의 노랫가락이 움직이기 시작했다.

## 두 번째 이야기

## 무서운 이야기

막내 바로 위의 형 훔퍼가 울타리를 따라 기어가고 있었다. 가끔 꼼짝도 하지 않고 엎드려 울타리 창살 사이로 적을 지켜보다가, 다시 계속 기어가곤 했다. 남동생은 뒤따라 기어가고 있었다.

채소 나라에 도착하자 훔퍼는 납작 엎드려 양상추 사이로 기어 들어갔다. 다시없을 기회였다. 적은 사방에 척후병들을 보내 놓았는데, 하늘을 나는 척후병도 있었다.

동생이 말했다.

"나 시커매졌어."

훔퍼가 속삭였다.

"조용히 해. 목숨이 아까우면. 맹그로브 늪에 가면 어떻게 될 줄 알았는데? 파래지기라도 할 줄 알았어?"

동생이 말했다.

"여긴 양상추 밭이잖아."

훔퍼가 말했다.

"너 계속 그러면 금방 어른이 돼 버릴걸. 엄마 아빠처럼 돼 버려도 싸. 그러면 시답잖게 보고 들을 테고, 재미있는 건 보지도 듣지도 못하고 끝장나게 된다고."

"아, 그래."

이렇게 말한 동생이 흙을 집어먹기 시작했다.

훔퍼가 짧게 말했다.

"흙에는 독이 들었어. 이 나라에서 자라는 열매에는 다 독이 들었다고. 그리고 지금 네 덕분에 적들이 우리를 발견했어."

척후병 둘이 윙윙거리며 완두 밭을 지나 다가왔지만 훔퍼가 재빨리 그 둘을 해치웠다. 잔뜩 긴장한 채 힘겹게 싸운 탓에 훔퍼는 헐떡이며 도랑으로 미끄러져 내려가 가만히 개구리처럼 앉아 있었다. 무슨 소리가 들리지 않는지 너무 집중한 나머지 귀는 떨리고 머리는 터질 지경이었다. 다른 척후병들 소리는 나지 않았지만, 훔퍼와 동생은 천천히 풀밭을 기어서 지나왔다. 풀밭은 평원이었다. 척후병들은 셀 수 없을 정도였다.

도랑 가장자리에서 동생이 말했다.

"형, 나 집에 갈래."

훔퍼가 음산하게 말했다.

"넌 두 번 다시 집에 못 가. 네 뼈가 평원에서 새하얘지고 엄마 아빠는 죽을 때까지 눈물바다에 빠져 펑펑 우실 테지만, 결국 아무것도 남지 않고 깡그리 사라져 버리고, 한참 뒤 그 자리에는 하이에나 떼 울음소리나 울려 퍼지겠지."

동생이 입을 벌리더니, 숨을 들이쉰 다음 소리를 내지르기 시작했다.

훔퍼는 그 비명이 금세 그치지 않을 줄 알고 있었다. 그

래서 동생을 내버려두고 계속 도랑을 기어갔다. 적의 위치를 놓쳐 버린 훔퍼는 이제 적이 어떻게 생겼는지조차 알 수가 없었다.

훔퍼는 망쳐 버렸다는 생각에 화가 치밀었다.

'동생 같은 건 없었으면 좋겠어. 다 커서 태어나든가 아니면 태어나질 말아야 해. 전쟁은 눈곱만큼도 모른다니까. 뭘 좀 알 때까지 상자에 가둬 놓아야 해.'

도랑이 축축해서 일어난 훔퍼는 걸어서 건너기 시작했다. 도랑은 크고 무척 길었다. 훔퍼는 남극을 발견하기로 하고 계속 더 멀리, 더 멀리 걸었는데, 먹을 것도 물도 바닥난 데다 운 나쁘게 북극곰에게 물리기까지 하는 바람에 더욱더 지쳐 갔다.

마침내 도랑은 땅속으로 사라졌고 남극은 훔퍼가 차지했다.

훔퍼는 늪에 있었다.

잿빛과 짙은 초록빛으로 뒤덮인 늪 여기저기로 새까맣게 빛나는 물이 보였다. 주위에는 눈송이 같은 하얀 황새풀도 잔뜩 자라고 있었고 퀴퀴한 냄새가 기분 좋게 풍겨 왔다.

훔퍼는 고래고래 소리 지르듯이 생각했다.

'늪은 출입 금지야. 어린 훔퍼들은 가면 안 되고, 큰 훔퍼들은 갈 생각도 하지 않아. 하지만 늪이 왜 위험한지는 나 말고는 아무도 몰라. 여기는 늦은 밤마다 유령 마차가 커다랗고 묵직한 바퀴를 끌고 다녀. 멀리서 마차 굴러가는 소리를 들을 수는 있지만, 누가 마차를 모는지는 알 수 없고…….'

"으악, 안 돼!"

훔퍼는 이렇게 소리치며 얼어붙어 버렸다. 갑자기 배 속에서부터 두려움이 치밀어 올랐다. 방금 전까지만 해도 마차는 눈을 씻고 찾아봐도 보이지 않았고, 누구 하나 마차 소리를 들어 본 적도 없었다. 그런데 훔퍼가 마차 생각을 하자마자 유령 마차가 나타났다. 저 멀리 어딘가에서 내달리려고 어두워지길 기다리고 있는 유령 마차가.

훔퍼가 말했다.

"내 생각엔, 그러니까 나는 지금 십 년째 집을 찾아다니는 훔퍼 같아. 이제 집 가까이까지 왔고."

훔퍼는 코를 킁킁거려 방향을 잡은 다음 걸음을 옮기기 시작했다. 그사이, 훔퍼는 쉬지 않고 기어오는 진흙뱀과 살아 움직이는 버섯을 떠올렸다. 이끼밭에서 뱀과 버섯이 자라날 때까지.

훔퍼가 서글프게 생각했다.

'저 녀석들이 동생을 게 눈 감추듯 먹어치울 수도 있겠어. 벌써 먹어치워 버렸는지도 몰라. 없는 데가 없으니까. 최악의 상황이 닥칠까 봐 겁나. 하지만 구조대원들이 있으니까 아직 희망은 있어.'

훔퍼가 달려 나가며 생각했다.

'가엾은 녀석 같으니. 너무 어리고, 정말 멍청하다니까. 진흙뱀이 동생을 잡았으면, 나한테 이제 동생은 없어. 그럼 내가 막내고……'

훌쩍이며 달리느라 머리카락이 축축해진 훔퍼는 겁에

질려 언덕을 서둘러 뛰어넘고, 장작 창고를 지나, 계단을 올라가서 쉴 새 없이 소리를 고래고래 질렀다.

"엄마! 아빠! 동생이 잡아먹혔어요!"

훔퍼의 엄마는 몸집도 크고 걱정도 많았는데, 어떤 일이든 걱정했다. 이제 엄마 훔퍼는 앞치마에 놓았던 완두를 모조리 바닥에 쏟으며 일어나 소리쳤다.

"뭐? 어머! 무슨 말이니! 동생은 어디 있어? 네가 돌보고 있었잖니!?"

훔퍼는 마음을 조금 가라앉히고 말했다.

"그러니까, 동생이 늪에 있는 진흙 구덩이에 빠졌어요. 그랬더니 진흙뱀 한 마리가 뱀 구멍에서 쏜살같이 튀어나와서 배가 볼록 나온 조그만 동생을 칭칭 감고 코를 물어버렸어요. 그렇게 됐어요. 저도 정신이 없었는데 뭘 할 수 있었겠어요? 뱀이 정말 엄청나게 많았어요."

엄마 훔퍼가 소리쳤다.

"뱀이라고!?"

하지만 아빠 훔퍼가 끼어들었다.

"진정해요. 거짓말이에요. 장난이 심한 녀석이잖아요."

그러더니 아빠 훔퍼는 걱정할 새도 없이 얼른 언덕을 내다보았고, 그곳에는 막내가 앉아 모래를 먹고 있었다.

"거짓말하면 안 된다고 누누이 말했잖아."

아빠 훔퍼는 이렇게 말했고, 엄마 훔퍼는 눈물을 조금 흘리며 말했다.

"혼쭐을 내야겠죠?"

아빠 훔퍼는 생각에 잠겨 말했다.

"그럴 수도 있지요. 하지만 지금은 때가 아니에요. 거짓말은 못된 장난이라는 사실부터 제대로 이해해야지요."

훔퍼가 말했다.

"전 진짜 거짓말 안 했어요."

아빠 훔퍼가 설명했다.

"넌 동생이 잡아먹혔다고 했는데, 멀쩡하잖니."

훔퍼가 말했다.

"음, 그럼 다행이잖아요? 엄마 아빠는 기쁘지 않아요? 저는 엄청나게 기쁘고 마음이 놓여요. 그런 진흙뱀은 누구라도 잽싸게 먹어 치울 수 있잖아요. 흔적조차 남기지 않은 황량한 그 자리에서 밤마다 하이에나가 웃고요."

엄마 훔퍼가 말했다.

"아니, 그만 좀 하렴."

훔퍼가 신이 나서 이야기를 마무리했다.

"그러니까 다 잘됐잖아요. 오늘 저녁 간식은 뭐예요?"

그러자 아빠 훔퍼가 벌컥 화를 내며 말했다.

"너는 오늘 저녁 간식 없다. 거짓말을 하면 안 된다는 것을 깨닫기 전에는 저녁도 없어."

훔퍼는 깜짝 놀라 말대답을 했다.

"하지만 거짓말을 하면 안 된다는 것쯤은 알고 있는데요. 거짓말은 나빠요."

"이제 잘 알겠지."

엄마 훔퍼가 말을 이었다.

"같이 저녁 먹어요. 애가 철모르고 그런 거잖아요."

아빠 훔퍼가 말했다.

"그렇게는 안 되죠. 내가 저녁이 없다고 말했으면 저녁은 못 먹어요."

불쌍한 아빠 훔퍼는 말을 물리면 훔퍼가 두 번 다시 말을 듣지 않을지도 모른다고 생각했기 때문이었다.

그래서 훔퍼는 날이 저물 때쯤 잠자리에 들어야 했고 엄마 아빠가 무척 미웠다. 물론 엄마 아빠가 고약하게 군 적은 많았지만, 오늘 저녁처럼 고약한 적은 처음이었다. 훔퍼는 집을 나가기로 마음먹었다. 엄마 아빠에게 벌주고 싶어서가 아니라, 엄마 아빠 자체와 무엇이 중요하고 무엇이 위험한지도 모르는 엄마 아빠의 무능력에 갑자기 진저리가 나서 참을 수가 없었기 때문이었다.

엄마 아빠는 어떤 일이건 줄을 딱 그어 놓고 한쪽은 믿을 수 있고 쓸모 있으며 진실하고, 다른 한쪽은 가짜에 아무짝에도 쓸모없다고 말했다.

훔퍼는 계단을 살금살금 내려간 다음, 뒤뜰로 슬그머니 나가면서 중얼거렸다.

"엄마 아빠가 호토몸브 한 마리랑 딱 마주쳐 버렸으면 좋겠어. 그럼 화들짝 놀라시겠지! 아니면 진흙뱀도 한 마리 같이 마주치든지. 녀석들을 상자에 넣어서 엄마 아빠한테 보낼 수도 있는데. 유리 뚜껑은 달아서 말이지. 어쨌든 엄마 아빠가 잡아먹히면 안 되니까."

홈퍼는 독립했다는 사실을 되새기려고 금지된 늪으로 돌아갔다. 이제 늪은 푸른빛으로 변했는데, 새까맣게 보일 정도였고, 하늘은 초록빛이었다. 끄트머리에는 샛노란 노을이 띠처럼 남아 늪이 엄청나게 크고 서글퍼 보였다.

홈퍼가 첨벙첨벙 걸어가면서 말했다.

"나는 거짓말 안 해. 다 진짜야. 적도 호토몸브도 진흙뱀도 유령 마차도 다. 이웃들이나 정원사나 암탉들이나 킥보드처럼 진짜 있다고."

이윽고 홈퍼는 사초(莎草) 수풀 안에서 걸음을 멈추고 잠자코 귀를 기울였다.

늪 저 멀리 어디에선가 유령 마차가 굴러가고 있었는데, 히스 위로 붉은빛을 내쏘는 유령 마차는 삐걱거리며 점점 더 속도를 높였다.

홈퍼가 혼잣말을 했다.

"눈치 챘다는 듯이 굴면 절대 안 돼. 지금 저기 있잖아. 도망치자!"

홈퍼는 발밑으로 도도록하게 솟은 바닥에 휘청했다가 나동그라졌는데, 새까만 물웅덩이에 난 사초가 두 눈처럼 뚫어지게 바라보고 있었으며, 진창이 훔퍼의 발가락 사이로 휘감겨 들었다.

훔퍼가 말했다.

"진흙뱀은 절대 생각하면 안 돼."

바로 그 순간, 진흙뱀이 너무 또렷하고 생생하게 떠오르는 바람에, 뱀들이 모두 입맛을 다시며 뱀 구멍에서 기어 나왔다.

훔퍼가 필사적으로 소리쳤다.

"내가 뚱뚱한 동생 같았더라면 좋았을 텐데. 걔는 먹을 생각밖에 없고 대팻밥이든 모래든 흙이든 숨이 막힐 때까지 먹어. 한 번은 자기 풍선까지 먹으려고 했어. 그때 성공했으면 두 번 다시 동생을 돌볼 수 없었겠지."

훔퍼는 생각에 잠겨 걸음을 멈추었다. 조그맣고 뚱뚱한 동생이 공중으로 둥둥 떠오르고 있었다. 힘없이 내뻗은 다리에 입에서 나온 줄이 길게 늘어진 채로…….

"아, 안 돼!"

늪 저편으로 빛나는 유리창이 보였다. 유령 마차는 아니었지만 불빛이 깜박거리지도 않고 빛나는 네모진 작은 창은 무척 이상해 보였다.

훔퍼가 말했다.

"당장 저기로 가야 해. 뛰지 말고 걸어서. 뛰면 겁나니까. 아무 생각도 하지 말고 걷기만 하자."

집은 온통 둥글둥글했는데, 어떤 밈블이 사는 모양이었다. 훔퍼는 문을 두드렸다. 여러 번 두드렸지만 아무도 나와 보지 않자 훔퍼가 문을 열고 안으로 들어갔다.

집 안은 따뜻하고 평온했다. 창틀에 서 있는 등불이 밤을 칠흑처럼 어두워 보이게 했다. 어디에선가 시계가 째깍거렸고 장롱 위에 엎드린 조막만 한 밈블 하나가 훔퍼를 내려다보고 있었다.

훔퍼가 말했다.

"안녕. 나는 죽다 살아났어. 진흙뱀이랑 살아 있는 버섯들 때문에 말이야! 넌 죽어도 모르겠지만."

작은 밈블은 웃기지도 않는다는 듯 아무 대꾸 없이 훔퍼를 뚫어지게 바라보았다. 이윽고 작은 밈블이 말했다.

"나는 미이야. 전에 너를 본 적이 있어. 작고 뚱뚱한 훔퍼 하나를 데리고 다니면서 쉴 새 없이 혼잣말을 하고 허

공에 두 팔을 퍼덕거리더라. 하하."

홈퍼가 말했다.

"그게 뭐 어때서. 그러는 넌 왜 그 장롱 위에 앉아 있는데. 바보 같이."

미이가 말을 길게 늘이며 이야기했다.

"누구한테는, 그러니까 누가 보기에는 바보 같을지 몰라도, 끔찍한 운명에서 벗어날 다른 방법이 없거든."

미이가 장롱 가장자리 아래로 몸을 숙이며 속삭였다.

"살아 움직이는 버섯들이 지금 거실로 왔어."

홈퍼가 말했다.

"그럴 리가."

미이가 말을 이었다.

"이 위에선 버섯들이 문밖에 앉아 있는 모습이 보여. 버섯들이 기다리고 있어. 네가 똑똑했더라면 저 양탄자를 돌돌 말아서 문틈에 눕혀 놓았을 텐데. 그렇게 못 했으니 이제 버섯들이 자기 몸을 가늘게 만들어서 문 아래로 기어들겠지."

침울해진 홈퍼가 물었다.

"진짜 그럴까. 그 버섯들은 오늘 아침에는 없었어. 내가 만들어 냈는데."

미이가 가소롭다는 듯이 말했다.

"그래? 그 끈적거리는 녀석을? 두꺼운 담요처럼 자라서 사람들 몸에 딱 달라붙어 기어오르는 그걸 말이야?"

홈퍼가 벌벌 떨면서 속삭였다.

"나도 몰라. 모르겠어……."

미이가 아무렇지 않게 말했다.

"우리 외할머니가 너무 커졌어. 저 거실 안에 계시지. 정확히 말하자면 외할머니의 한 부분이 저기 있다고 할 수 있어. 커다란 초록빛 덩어리 같아졌는데, 한쪽 끝에는 수염도 비죽 나와 있다니까. 거실 문 앞에 양탄자를 놔둘 수도 있겠지. 소용이 있을지는 모르겠지만."

홈퍼의 심장이 거세게 요동을 쳤고, 두 손은 양탄자를 둘둘 말기 힘들 만큼 뻣뻣했다. 시계는 집 안 어딘가에서 계속 째깍거렸다.

미이가 설명했다.

"저 소리는 버섯들이 자라는 소리야. 버섯들은 문이 벌어질 때까지 자라고 또 자라서 너한테 기어 올 거야."

홈퍼가 소리쳤다.

"나도 장롱 위로 올라갈래!"

미이가 말했다.

"남는 자리가 없어."

그때, 현관문 두드리는 소리가 났다.

미이가 한숨을 쉬고 말했다.

"희한하단 말이야. 버섯들은 마음만 먹으면 언제든 들어올 수 있는데 문을 두드리다니, 희한해……."

훔퍼는 얼른 장롱으로 달려가 기어오르려고 했다. 그때 다시 문 두드리는 소리가 들렸다.

집 안에서 누군가가 소리쳤다.

"미이! 누가 왔나 보구나!"

미이가 소리를 질렀다.

"네, 네, 네."

미이가 설명했다.

"문이 안 잠겼어. 방금 저 소리는 외할머니고. 외할머니가 아직도 말할 수 있을 줄이야."

훔퍼는 거실 문을 뚫어지게 바라보았다. 새까만 틈새가 천천히 벌어지며 문이 열렸다. 훔퍼는 소리를 지르면서 소파 밑으로 굴러 들어갔다.

외할머니가 말했다.

"미이. 문 두드리는 소리가 나면 가서 열어야 한다고 누누이 말했잖니. 양탄자는 왜 문 앞에 놔뒀어? 잠 한숨 편히 못 자게 왜 그러니?"

외할머니는 엄청나게 나이가 많이 들었고, 화난 모습에 커다란 흰색 잠옷을 입고 있었다. 방을 건너온 외할머니가

현관문을 열며 말했다.

"안녕하세요."

아빠 훔퍼가 말했다.

"안녕하세요. 폐를 끼쳐 죄송합니다. 혹시 제 아들을 못 보셨는지 여쭈려고요. 막내 바로 위……."

미이가 소리쳤다.

"소파 아래에 있어요."

아빠 훔퍼가 말했다.

"괜찮으니까 나오렴. 아빠는 너한테 화난 게 아니야."

외할머니가 피곤하다는 듯이 말했다.

"그렇군요, 소파 아래에 있었네요. 그래요. 손녀 또래 친구들이 놀러 오면 저도 좋고, 같이 놀 친구를 집에 초대하면 미이도 좋겠지요. 하지만 낮에 놀아야지, 밤에는 놀러 오지 않았으면 좋겠군요."

아빠 훔퍼가 얼른 말했다.

"정말 죄송합니다. 다음에는 날 밝을 때 올 겁니다."

훔퍼가 소파 아래에서 기어 나왔다. 미이는 물론이고 외할머니 쪽도 돌아보지 않았다. 곧장 현관을 지나 계단으로 나가 어둠 속으로 발을 들였다.

아빠 훔퍼는 아무 말 없이 훔퍼의 옆에서 걸었다. 훔퍼는 너무 상처받은 나머지 울먹거렸다.

홈퍼가 말했다.

"아빠, 그 여자애 말이에요……. 아빠는 상상도 못 할 정도예요……. 두 번 다시 거기는 안 가요."

홈퍼가 고래고래 소리치며 말을 이었다.

"걔가 날 속였어요! 거짓말을 했어요! 기분 나쁘게 어마어마한 거짓말을 했다고요!"

아빠 홈퍼가 달래며 말했다.

"아빠도 안단다. 그런 일을 당하면 엄청 기분 나쁘지."

그러고 나서 둘은 집으로 가서 남은 간식을 모조리 먹어 치웠다.

# 세 번째 이야기

## 재앙을 믿었던 필리용크

옛날에 어떤 필리용크 하나가 바다에서 커다란 양탄자를 빨고 있었다. 비누칠을 하고, 첫 번째 푸른 줄무늬를 솔질한 다음, 마침맞게 다가오는 일곱 번째 파도를 기다려 비누 거품을 헹구었다.

그런 다음, 두 번째 푸른 줄무늬에 솔질을 했고, 태양은 필리용크의 등을 따뜻하게 덥혔으며, 필리용크는 야윈 두 다리를 투명한 바닷물에 담그고 양탄자를 벅벅 문질러 댔다.

포근하고 고요한 여름날이었고, 양탄자를 빨기에 딱 알

맞은 날이었다. 파도가 빨래를 도우려고 졸린 듯 느릿느릿 다가왔고 필리용크의 빨간 모자가 꽃인 줄 알고 뒤영벌*이 주위에서 윙윙거렸다.

필리용크는 얼굴을 찌푸리며 생각했다.

'그냥 모습을 드러내. 어떻게 돌아가는 상황인지는 알아. 재앙이 닥치기 전에는 늘 이렇게 평화롭게 보이지.'

필리용크는 마지막 푸른 줄무늬까지 이르자, 일곱 번째 파도가 얼른 씻어 내리게 한 다음, 양탄자를 통째로 물속에 끌어당겨 헹구었다.

물속 바위는 매끄러운 붉은빛이었고, 햇빛이 앞뒤로 춤을 추듯 반짝거렸다. 햇빛은 필리용크의 열 발가락 위에서도 춤추며 발을 금빛으로 물들였다.

필리용크는 생각에 잠겨 있었다.

'주황빛 모자를 새로 살 수도 있어. 아니면 낡은 모자 가장자리에 햇빛이 빛나는 모양으로 수를 놓아도 되고. 금색으로 말이야. 물론 움직이지 않으면 햇빛처럼 빛나지는 않겠지. 그건 그렇다 치고. 위험이 닥치는데 새 모자가 있어 봐야 뭘 어쩐담? 낡은 모자도 사라져 버릴지 모르는 판국에…….'

* **뒤영벌**_ 꿀벌과의 벌로 몸은 어두운 갈색이며, 땅속에 집을 짓고 산다.—옮긴이

필리용크는 양탄자를 물가로 끌고 나와 바위에 내동댕이친 다음, 물기를 빼려고 시무룩한 표정으로 양탄자를 타박타박 밟기 시작했다.

날씨가 너무 아름다워서 자연스럽지가 않았다. 틀림없이 무슨 일이 일어날 터였다. 필리용크는 알고 있었다. 수평선 너머 어딘가에서 어둡고 무시무시한 무언가가 정신을 가다듬고 있었다. 그 무언가는 점점 힘이 강해지고, 점점 빨리 다가오고 있었다…….

필리용크가 혼잣말로 속삭였다.

"뭔지는 몰라. 바다는 어둠에 휩싸이고, 웅얼웅얼 소리를 낼 테지. 햇빛은 사그라지고……."

심장이 방망이질을 시작하고 등줄기가 서늘해지자, 필리용크는 마치 등 뒤에 적이 있기라도 하다는 듯이 홱 돌아섰다. 그렇지만 바다는 전과 다름없이 빛나고 있었고,

햇빛은 장난기 가득한 8자 모양으로 물 밑을 비추며 춤추었으며, 여름 바람은 필리용크의 얼굴을 위로하듯이 어루만졌다.

하지만 영문 모를 두려움에 사로잡힌 필리용크가 마음을 놓기란 만만치 않은 일이었다.

필리용크는 떨리는 손으로 양탄자를 널어놓은 다음, 비누와 솔을 서둘러 모아들고는 찻물을 올리려고 집으로 향했다. 개프지가 5시에 들르겠다고 약속했다.

필리용크의 집은 크기만 컸지 별다르게 아름답지는 않았다. 누가 묵은 페인트를 써서 없애 버리려고 했는지 바깥쪽은 짙은 초록색으로, 안쪽은 갈색으로 칠해 놓았다. 필리용크는 그 집이 필리용크의 외할머니가 젊었을 때 여름마다 머무른 곳이라고 강조하던 어느 헤물렌한테서 딸린 세간 없이 빌렸다. 친척을 무척 아끼는 필리용크는 외할머니를 추억하는 뜻에서 같은 집에 살아야 한다는 생각에 사로잡혔기 때문이었다.

이사하던 날 저녁, 필리용크는 계단에 앉아 외할머니가 젊었을 때는 사뭇 달랐다고 생각하며 놀랐다. 자연의 아름다움을 볼 줄 아는 안목을 가진 진정한 필리용크가 이렇게 시원찮고 끔찍한 바닷가에 살았을 줄은 상상도 하지 못했다. 잼을 만들 정원이 없었다. 그늘을 드리울 작은 활엽수 한 그루 없었다. 전망조차 끔찍했다.

필리용크는 한숨을 내쉬며 파도가 바닷가 가장자리를 두르는 초록빛 해 질 녘 바다를 눈길이 가 닿는 저 멀리까지 물끄러미 바라보고만 있었다. 초록빛 바다, 하얀 모래, 붉은 바닷말. 마음을 놓을 구석이라고는 단 한 군데도 없이 정확히 재앙에 들어맞는 풍경이었다.

그 뒤, 필리용크는 당연히 엄청난 실수를 저질렀다는 사실을 깨달았다.

필리용크는 형편없는 바닷가에 있는 형편없는 집으로 아무 필요도 없이 이사하고 말았다. 필리용크의 외할머니가 살았던 집과는 전혀 다른 집이었다. 바로 이런 게 삶이었다.

하지만 그때, 필리용크는 친척들 모두에게 이사한다는 편지를 써서 보낸 뒤였기 때문에 다른 집으로 가면 격에 맞지 않는다고 생각했다.

친척들은 필리용크가 얼토당토않은 짓을 한다고 생각할지도 몰랐다.

그래서 필리용크는 문을 닫고 집 안을 아늑해 보이게 꾸며 보았다. 쉬운 일은 아니었다. 방 천장이 늘 그림자 안에 잠겨 있을 만큼 아주 높았다. 창은 크고 장중해서 세상 그

어떤 레이스 커튼과도 잘 어울리게 맞아떨어지지 않았다. 밖을 내다본다기보다 누가 안을 들여다볼 수 있는 창이라는 점도 필리용크의 마음에 들지 않았다.

필리용크는 구석 자리를 아늑하게 만들어 보려고도 했지만 마음대로 되지 않았다. 필리용크의 가구들은 제자리를 찾지 못했다. 의자는 탁자에 몸을 숨겼고 소파는 겁에 질려 벽 쪽으로 옹송그렸으며 조명등의 둥근 불빛은 어두운 숲 속에서 잔뜩 주눅 든 손전등 불빛처럼 어쩔 줄을 몰랐다.

여느 필리용크 종족처럼, 필리용크도 장식품을 많이 가지고 있었다. 작은 거울 그리고 벨벳과 조가비로 만든 액자에 들어 있는 친척들의 사진, 편물 받침대에서 쉬고 있는 고양이와 헤물렌 도자기 인형, 비단 실이나 은실로 수놓은 격언, 작디작은 꽃병과 밈블 모양이 재미있는 찻주전자 덮개까지 이 모든 장식품이 삶을 더욱 쉽게 그리고 덜 위험하고도 덜 거창하게 해 주었다.

이토록 아름답고 사랑스러운 이 모든 장식품조차 바닷가 우중충한 집에서는 안정감도 의미도 잃어버렸다. 필리용크는 장식품을 탁자에서 서랍장으로, 서랍장에서 창턱으로 옮겨 보았지만, 어디도 아늑하지 않았다.

이제 장식품은 다시 늘어서 있었다. 하나같이 어수선한 모습으로.

문 앞에 선 필리용크는 장식품들을 바라보며 위로를 구했다. 하지만 장식품들도 필리용크만큼이나 속수무책이었다. 필리용크는 부엌으로 들어가 개수대에 비누와 솔을 올려놓았다. 그런 다음, 찻물을 올리고 테두리를 금칠한 가장 좋은 찻잔을 꺼냈다. 다과용 접시를 내려놓은 필리용크는 가장자리에 놓인 부스러기를 솜씨 좋게 후 불어 치워 버리고 개프지가 인상 깊어 하도록 설탕을 입힌 과자 여러 개를 접시에 올려놓았다.

개프지는 차에 크림을 넣어 마시지 않지만, 그래도 필리용크는 은빛 조가비로 만든 외할머니의 배 모양 그릇을 꺼냈다. 손잡이에 진주가 알알이 박힌 작은 플러시 천 바구니에는 설탕을 담았다.

찻상을 차리는 동안 필리용크는 마음이 가라앉아 재앙 생각은 전혀 나지 않았다.

하지만 이 처참한 곳에서 멋지고 격에 맞는 꽃을 찾을 수가 없어 안타까웠다. 잔뜩 화가 난 작은 덤불처럼 생긴 꽃뿐이었고 필리용크의 거실에 어울리는 색깔도 아니었다. 필리용크는 못마땅한 듯 꽃병을 한쪽에 밀어 놓고는 개프지가 어디쯤 왔나 살펴보려고 창가로 한 걸음 다가섰다.

그때, 불현듯 필리용크가 생각했다.

'아니, 아니야. 개프지 여사를 지켜보고 있지는 않겠어. 문을 두드릴 때까지 기다려야지. 그런 다음 달려가서 문을 열어 주고 같이 아주 즐거워하면서 사근사근하게 실컷 이야기해야지……. 혹시라도 개프지 여사를 지켜보다가 저 멀리 등대까지 텅 비어 버린 바닷가를 보게 되면 어쩐담. 아니면 점처럼 자그마한 무언가가 보일지도 몰라. 그게 막무가내로 다가들면 끔찍한데……. 심지어 갑자기 멀어지면서 제 갈 길을 가 버린다면 훨씬 더 끔찍하겠지…….'

필리용크는 몸이 떨리기 시작했다.

필리용크가 생각했다.

'나한테 무슨 일이 일어나려는 걸까. 개프지 여사에게도 이야기해야 해. 꼭 이야기하고 싶은 상대는 아니지만, 달리 아는 이가 없으니까.'

문 두드리는 소리가 났다. 필리용크는 현관으로 달려가 문을 열기도 전부터 말문을 열었다.

필리용크가 소리쳤다.

"……날씨도 참 좋지요. 바다는 또 어떻고요……. 정말 파랗고, 정말 정답고, 잔물결 하나 없잖아요! 여사님은 어떻게 지내셨는지, 어머, 여사님 얼굴에서 빛이 나네요. 정말이에요……. 그러니까 이런 곳에서, 자연에 둘러싸여 없는 것 없이, 이렇게 살면 정말 부족함이라곤 없잖아요. 그렇죠?"

'이 분이 오늘따라 훨씬 더 정신없게 구네.'

개프지는 이렇게 생각했지만, 장갑을 벗으며 (진정한 숙녀답게) 큰 소리로 말했다.

"맞습니다. 옳으신 말씀이에요, 필리용크 여사님."

필리용크와 개프지는 다과가 차려진 탁자에 앉았고 필리용크는 손님이 너무 반가운 나머지 흰소리를 늘어놓다 식탁보에 차를 쏟고 말았다.

개프지는 과자며 설탕 그릇이며 생각해 낼 수 있는 무엇이든 칭찬을 늘어놓았지만, 꽃병 이야기는 꺼낼 수가 없었다. 당연한 일이었다. 개프지는 본데 있게 자란 데다, 야생의 성난 덤불은 누가 봐도 찻상에 어울리지 않았다.

잠시 뒤, 필리용크가 입을 다물었고, 개프지도 아무 말을 하지 않았기 때문에 집 안이 조용해졌다.

갑자기 식탁보에서 햇빛이 사그라졌다. 커다랗고 장중한 창문이 구름으로 가득 찼고 필리용크와 개프지는 바다에서 불어드는 바람 소리를 들었다. 멀리에서 들려오는 속삭임 같았다.

개프지가 예의를 갖추어 관심을 보이며 말했다.

"양탄자를 세탁하셨나 봐요."

필리용크가 대답했다.

"네, 양탄자에는 바닷물이 아주 좋답니다. 세탁한 뒤에 빛깔이 바래지도 않고 상쾌한 향도 나거든요……."

필리용크는 생각했다.

'개프지 여사가 이해해 주어야 할 텐데. 내 두려움을 누군가는 알아야 해. 필리용크 여사님이 두려울 만하다고, 십분 이해한다고 대답해 줄 수 있는 이가 말이야. 아니면 "여사님, 두려울 게 뭐가 있어요? 여름날이 이렇게나 화창한데요."라고 대답해 주든지. 아무 말이든 좋으니 뭐라고 말 좀 해 줬으면 좋겠어.'

필리용크가 말했다.

"이 과자는 저희 외할머니 방식 그대로 구웠답니다."

그러더니 필리용크는 탁자 위로 몸을 숙이고 속삭였다.

"이런 평온함은 자연스럽지 않아요. 뭔가 무시무시한 일이 일어날 징조예요. 개프지 여사님, 제 말 좀 들어 보세요. 우리는 우리가 차에 곁들이는 과자나 우리 양탄자와 저 모든 것과 마찬가지로 무척 작지만 중요해요. 아시겠죠. 이렇게나 중요한데 끊임없이 가차 없는 힘에 위협을 받고 있어요……."

당황한 개프지가 말했다.

"어머."

필리용크는 재빨리 말을 이어나갔다.

"네, 그렇다니까요. 가차 없는 힘이에요. 간청할 수도, 추론할 수도, 이해할 수도 없고 묻지도 못해요. 새까만 창 뒤에서, 저 멀리, 바다 저 멀리에서 다가들며 점점 더 커지다 때를 놓친 뒤에야 비로소 눈에 보이지요. 여사님도 알고 계셨죠? 언제고 한 번쯤은 이런 생각을 했다고 말해 주세요! 여사님, 제발, 그랬다고 해 주세요!"

개프지는 새빨갛게 달아오른 얼굴로 설탕 그릇만 빙빙 돌리며 오지 말았어야 했다고 생각했다.

결국 개프지는 조심스럽게 입을 열었다.

"늦여름 이맘때면 가끔 정말 맹렬하게 바람이 불지요."

실망한 필리용크는 침묵에 잠겼다. 개프지는 잠시 기다렸다가 조금은 짜증스럽게 말을 이어나갔다.

"지난 금요일에 빨래를 널었는데, 못 믿으셔도 하는 수 없지만, 가장 좋은 베갯잇이 바람에 날리는 바람에 대문까지 쫓아 달려갔답니다. 필리용크 여사님은 어떤 세제를 쓰시나요?"

"기억이 안 나네요."

이렇게 대답한 필리용크는 개프지가 이해해 보려고도 하지 않자 갑자기 무척 피곤해졌다.

"차 더 드시겠어요?"

개프지가 대답했다.

“아니요, 괜찮습니다. 짧은 방문이지만 정말 즐거웠습니다. 이제 집에 갈 길이 걱정스럽네요.”

필리용크가 말했다.

“그렇군요. 그러시겠지요.”

저 바깥에 어둠이 드리워진 바다가 바닷가를 향해 웅얼거리고 있었다.

불을 켜기에는 너무 일렀지만 겁먹은 듯 보이지 않고 편안히 있기에는 너무 어둑어둑했다. 개프지의 홀쭉한 코가 여느 때보다도 주름져 보여서, 개프지가 편하지 않다는 사실을 눈치 챌 수 있었다. 하지만 필리용크는 개프지를 배웅하려고 나서지도 않고, 아무 말 없이 가만 앉아서 설탕 입힌 과자를 잘게 부스러뜨리기만 했다.

개프지는 서랍장에서 슬그머니 가방을 집어 들어 한쪽 팔 밑에 끼며 생각했다.

‘어쩜 좋담.’

바깥에서는 남서풍이 불기 시작했다.

필리용크가 갑자기 입을 열었다.

“여사님이 바람 이야기를 하셨죠. 빨래를 날려 버린 강풍 말이에요. 하지만 저는 사이클론 이야기를 하고 싶어요. 태풍 말이에요, 여사님. 토네이도, 돌풍, 태풍, 모래 폭

풍…… 집까지 떠내려가게 하는 홍수……. 물론 좋은 방법이 아닌 줄은 알지만, 제 이야기를 할 수밖에 없네요. 저는 세상이 잘못될 줄 알고 있어요. 줄곧 그 생각만 한답니다. 양탄자를 빨 때도 말이에요. 이해하실 수 있겠어요? 여사님은 이런 적 없으세요?"

개프지는 찻잔에서 눈을 떼지 않고 말했다.

"보통 식초를 쓰지요. 헹구는 물에 식초를 조금 부어 넣으면 양탄자 빛깔이 바래지 않아요."

그 순간 필리용크는 화가 치밀었는데, 필리용크에게는 예사롭지 않은 일이었다. 필리용크는 어떻게든 개프지를 궁지로 몰아넣으려고 가장 먼저 떠오른 그럴싸한 생각대로, 꽃병에 꽂힌 흉한 작은 덤불을 가리키며 소리쳤다.

"저기 좀 보세요! 아름답죠! 찻상에 아주 제격이에요!"

그러자 개프지 역시 화가 치밀어 오르고 진절머리가 나서 벌떡 일어나 말했다.

"무슨 말씀이세요! 저 덤불은 너무 크고 가시도 많은 데다 색깔도 잡스러워서 너무 도발적이라 찻상에는 격이 맞지 않아요!"

그 뒤, 필리용크와 개프지는 작별 인사를 나누었고 문을 닫은 필리용크는 거실로 돌아왔다.

너무 슬프고 실망한 필리용크는 손님맞이를 제대로 하지 못했다고 생각했다. 작은 덤불은 탁자 한가운데에 있었는데, 잿빛에 온통 검붉은 꽃으로 뒤덮여 있었다. 갑자기 필리용크는 찻상에 놓인 꽃이 문제가 아니라, 찻상 자체가 문제 같다는 생각이 들었다.

필리용크는 꽃병을 창틀로 옮겨 놓았다.

바다가 모습을 바꾸었다. 온통 잿빛이었고, 흰 이빨을

드러낸 파도가 광폭하게 바닷가를 물어뜯었다. 하늘은 불그레하게 자욱했다.

필리용크는 오래도록 창가에 그대로 서서 바람이 거세어지는 소리를 들었다.

그때 전화가 왔다.

개프지가 조심스러운 목소리로 물었다.

"필리용크 여사님이세요?"

필리용크가 대답했다.

"당연히 저죠. 여기에는 저뿐이니까요. 집에는 잘 들어가셨나요?"

개프지가 말했다.

"네, 그럼요. 이제 다시 바람이 조금 부네요."

개프지는 한동안 잠자코 있다가 친근하게 말했다.

"필리용크 여사님? 여사님께서 말씀하신 그 끔찍한 일 말인데요. 그런 일이 자주 있었나요?"

필리용크가 대답했다.

"아니에요."

"그러니까, 가끔 있었다는 말씀이시죠?"

필리용크가 말했다.

"사실 한 번도 없었어요. 느낌이 그렇다는 말이죠."

개프지가 말했다.

"아, 네. 초대해 주셔서 고맙다는 말씀을 드리려고 걸었어요. 그러니까 이제껏 아무 일도 없었군요?"

필리용크가 대답했다.

"네. 친절하게 전화까지 하시다니. 언제 다시 뵈어요."

"네, 좋아요."

개프지는 이렇게 말하고 전화를 끊었다.

필리용크는 자리에 앉아 몸을 바들바들 떨면서 한동안 전화기만 바라보았다.

필리용크가 생각했다.

'창밖이 곧 어두워지겠지.'

창을 담요로 가려 버릴 수도 있었다. 거울을 벽 쪽으로 돌려놓을 수도 있었다. 하지만 필리용크는 아무것도 하지 않고 자리에 앉아 굴뚝 안에서 울부짖는 바람 소리에 귀를 기울이고만 있었다. 버림받은 작은 동물이 울부짖는 듯한 바람 소리에.

집의 남쪽 귀퉁이에서 헤물렌의 고기잡이 그물이 쿵쿵 소리를 내며 벽에 부딪히기 시작했지만 필리용크는 나가서 그물을 내릴 용기가 나지 않았다.

집이 아주 천천히 흔들리더니, 이제 거센 바람이 휘몰아쳤고, 바다 위를 돌진해 다가오는 폭풍 소리가 들렸다.

바깥에서 기왓장 하나가 미끄러지다 떨어지며 바위에 부딪혀 산산조각이 났다. 필리용크는 소스라치게 놀라 벌떡 일어나 침실로 들어갔다. 하지만 침실은 너무 커서 안전하다는 느낌이 들지 않았다. 식료품 저장실이 떠올랐다. 식료품 저장실은 안심해도 좋을 만큼 작았다. 필리용크는 이불을 부둥켜안고 부엌 복도를 내달려서는, 식료품 저장실의 문을 발로 걷어차서 열고 헐떡거리며 들어간 다음, 문을 닫았다. 필리용크는 잠시 가쁜 숨을 몰아쉬었다. 그 안에서는 폭풍 소리가 크게 들리지 않았다. 창도 나 있지 않았고, 작은 환기구뿐이었다.

필리용크는 어둠 속을 더듬으며 감자 자루를 지나 잼 선반 아래쪽 벽에 바싹 다가붙어 이불을 뒤집어썼다.

필리용크의 환상이 천천히 폭풍우를 그리기 시작했는데, 필리용크의 집을 뒤흔든 폭풍보다도 훨씬 더 컴컴하고 사나웠다. 밀려드는 파도는 거대한 백룡이 되었고, 으르렁거리는 토네이도가 수평선에서 새까만 물기둥을 휘감듯 세웠으며, 그 번들거리는 새까만 물기둥은 필리용크를 향해 점점 더 가까이 다가왔다.

필리용크의 마음속 폭풍은 언제나 가장 끔찍했고, 늘 그렇게 상상해 왔다. 그리고 마음속 가장 깊은 곳에서는 철저히 자신의 상상에서 비롯된 재앙이 조금 자랑스럽기

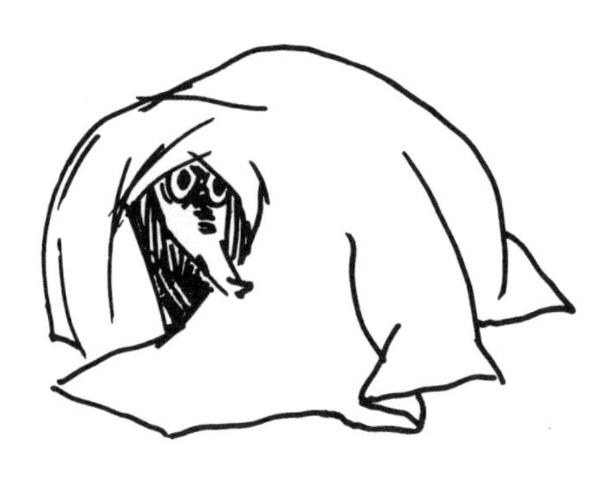

까지 했다.

필리용크는 생각했다.

'개프지 여사는 머저리야. 과자랑 베갯잇 말고는 생각도 못 하는 바보 같은 여편네라니까. 꽃을 보는 안목도 없지. 나를 눈곱만큼도 모르고. 지금쯤 집에 가만히 앉아서 내가 아무것도 겪어 본 적 없다고 생각하고 있겠지. 날마다 지구가 끝장나는 경험을 하면서도 나는 아무 일도 없었다는 듯이 계속 옷을 차려입었다가 갈아입고, 식사하고 설거지하고 손님까지 맞는데 말이야!'

필리용크는 이불 밖으로 고개를 내밀고 어둠 속에서 근엄한 표정으로 바깥을 내다보며 말했다.

"본때를 보여 드리지."

필리용크의 이 말은 무슨 뜻이었을까. 이제 필리용크는 이불 속으로 기어 들어가 두 손으로 귀를 틀어막았다.

폭풍은 아랑곳 않고 한밤중에도 끊임없이 거세어져서, 새벽 1시가 되었을 때는 초속 46미터에 이르렀다.

새벽 2시쯤에는 굴뚝이 바람에 쓰러졌다. 굴뚝의 절반은 집 밖으로 떨어졌고 나머지 절반은 벽난로 속으로 무너져 내렸다. 구멍 난 천장 너머로 어두운 밤하늘에서 움직이는 커다란 구름이 보였다. 뒤이어 폭풍이 집 안으로 밀고 들어왔고, 벽난로 속 잿더미가 눈앞에서 떠돌고 커튼과 식탁보와 친척들 사진이 펄럭거리는 통에 한치 앞도 보이지 않았다. 겁에 질린 필리용크의 장식품들이 생명을 얻어 부스럭부스럭, 쩔그렁쩔그렁, 딸랑딸랑 요란을 피웠고, 문이 쾅쾅 소리를 내며 닫혔으며, 액자들은 바닥에 나뒹굴었다.

잠이 덜 깬 필리용크가 사납게 펄럭거리는 치마를 입고 거실 한가운데에 서서 어리둥절해했다.

'이제 일이 터졌네. 이제 세상이 잘못되는 거야. 드디어. 더 기다릴 필요가 없어.'

필리용크는 개프지에게 말해 주려고 전화기를 집어 들었다……. 뭐랄까, 개프지의 콧대를 납작하게 눌러 버릴 만한 말을 하려고 했다. 의연하고도 의기양양하게.

하지만 전화선은 바람에 쓰러지고 말았다.

필리용크는 폭풍과 지붕에서 떨어지는 기왓장 소리 말고는 아무것도 듣지 못했다.

필리용크는 생각했다.

'다락으로 올라가면 지붕이 날아가겠지. 지하실로 내려가면 집이 통째로 무너져 내릴 테고. 늘 그런 식이니까.'

필리용크는 도자기로 만든 고양이 인형을 꼭 끌어안았다. 그때 창문이 바람에 날렸고 창유리가 바닥에 내동댕

이쳐졌다. 빗줄기가 마호가니 가구에 후드득 떨어져 내렸고, 아름다운 헤물렌 인형은 받침대에서 떨어져 산산조각이 났다.

외삼촌의 커다란 샹들리에가 소름 끼치는 날카로운 소리를 내며 바닥으로 떨어졌다. 장식품들이 내지르는 비명과 흐느낌이 들려왔다. 깨진 거울에서 필리용크의 창백한 얼굴이 언뜻 비쳤고 필리용크는 아무것도 생각하지 않고 달려가서는 창밖으로 뛰어넘었다.

필리용크는 집 밖 모래밭에 주저앉았다. 얼굴에 따뜻한 빗방울이 내려앉는 느낌이 들었고 드레스는 돛처럼 펄럭거리며 몸에 부딪혔다.

필리용크는 지그시 눈을 감으며 자신이 위험천만한 상황 한가운데에 놓였다는 사실을 깨달았다.

폭풍은 차분하고 끊임없이 계속 포효했다. 하지만 울부짖고, 날카로운 소리를 내며 부서지고, 갈라지고, 털썩 떨어지고, 갈기갈기 찢기는 걱정스러운 소리는 모두 사라졌다. 위험천만한 곳은 집 밖이 아니라 집 안이었다.

필리용크는 고약한 바닷말 냄새를 맡고 조심스럽게 눈을 떴다.

어두웠지만 거실처럼 새까만 어둠 속은 아니었다.

파도와 함께 등대 불빛이 필리용크의 눈에 들어왔다. 등대 불빛은 천천히 밤을 헤치고 돌아다니며 필리용크를 지나쳐서 빙 돌아 모래 언덕 위로 이어져 올라갔다가 수평선에서 사라지고 다시 돌아오길 반복하며 돌고 또 돌면서 폭풍을 지켜보고 감독하고 있었다.

필리용크는 생각했다.

'한밤중에 나 혼자 이렇게 밖에 나와 본 적이 한 번도 없었는데. 이 일을 어머니가 아셨다면…….'

필리용크는 헤물렌의 집에서 멀리 떨어져 있으려고 바

람을 마주하고 바닷가로 기어 내려가기 시작했다. 한 손에는 여전히 도자기로 만든 새끼 고양이 인형을 쥐고 있었는데, 무언가를 보호해야 한다고 생각하니 마음이 진정되었다. 이제 물거품 때문에 온통 푸르고 하얗기만 한 바다가 눈에 들어왔다. 갑자기 물마루가 치솟아 바닷가 위에 연기처럼 떠올랐다. 소금 맛이 났다.

필리용크의 등 뒤에서 무언가가, 집 안 무언가가 우지끈 소리를 내며 부서졌다. 하지만 필리용크는 고개를 돌리지 않았다. 커다란 바위 뒤에 몸을 웅크린 채 눈을 크게 뜨고 밤을 들여다보기만 했다. 더는 춥지 않았다. 정말 이상하게도 갑자기 무척 안전하다는 느낌도 들었다. 필리용크에게는 예사롭지 않은 느낌이었는데, 믿을 수 없을 만큼 즐거웠다. 하지만 필리용크가 더 걱정할 일이 어디 있겠는가? 마침내 재앙이 닥쳐왔는데.

아침을 눈앞에 두고 폭풍이 잠잠해졌다. 필리용크는 아무것도 알아차리지 못한 채 주저앉아 자기 자신과 자신이 기다리던 재앙과 자기 가구들을 곰곰이 생각하면서 어떻게 이 모두를 제대로 바로잡을지 고민했다. 사실 굴뚝이 무너져 내린 일보다 큰일은 없었다.

하지만 필리용크는 가장 중요한 일은 마음속에서 일어났다고 생각했다. 필리용크를 뒤흔들고 뒤바꾸어 놓아 버려서 어떻게 행동해야 예전 모습으로 되돌아갈지 알 수가 없었다.

예전 필리용크는 사라져 버렸다는 생각이 들었고, 필리용크는 자신이 예전 모습을 되찾고 싶은지도 확실하지 않았다. 그렇다면 필리용크가 갖고 있던 장식품들은 다 어떻게 될까?

부서지고 그을리고 깨지고 젖어 버린 그 물건들을 다 어쩌면 좋단 말인가? 한 주가 다 가도록 내내 앉아서 고치고, 없어진 조각을 찾아 붙이고, 때울 생각을 하면…….

빨래하고 다림질하고 칠하고 또 고치지 못하면 마음 아파하고 금이 간 흔적은 영영 없어지지 않을 테고 예전이 훨씬 아름다웠다고 생각하고……. 맙소사! 그 뒤로도 계속 똑같이 음울한 방에서 똑같이 신경을 곤두세우고 집을 아늑하게 만들 궁리를 한다고 생각하면…….

필리용크는 뻣뻣해진 다리로 벌떡 일어나며 소리쳤다.

"싫어, 안 돼! 예전이랑 똑같이 하려고 들면 나도 예전 모습으로 돌아가겠지. 다시 두려움에 떨고……. 뻔해. 그럼 사이클론이 내 뒤를 슬금슬금 쫓아오고, 태풍이며 폭풍도……."

처음으로 필리용크는 헤물렌의 집을 돌아보았다. 집은 남아 있었다. 부서져 버린 모든 장식품이 집 안에 남아 필리용크가 돌보아 주기를 기다리고 있었다.

필리용크가 중얼거렸다.

"진정한 필리용크는 대대로 물려받은 아름다운 가구들을 내버려두지 않아……. 어머니라면 어떤 의무가 있다고 말하셨겠지."

벌써 아침이었다.

동쪽 수평선이 해돋이를 기다리고 있었다. 바다 위로 불안한 돌풍이 불었고 폭풍이 잊어버리고 간 구름이 하늘에 온통 흩뿌려져 있었다. 천둥소리가 작게 스쳐 지나갔다.

날씨는 불안했고 파도는 어디로 가야 할지 몰랐다. 필리용크는 망설였다.

이윽고 토네이도가 필리용크의 눈에 띄었다.

번들거리는 새까만 물기둥이었던 필리용크의 마음속 토네이도와는 달랐다. 이 토네이도는 진짜였다. 빛깔도 밝았다. 거대한 나선형으로 휘감기며 소용돌이치는 하얀 구름이었고, 바닷물이 구름과 맞닿으려고 솟구치는 곳에서 흰 구름은 분필만큼이나 새하얘졌다.

토네이도는 으르렁거리지도, 돌진하지도 않았다. 아무 소리도 내지 않고 바닷가를 향해 흔들거리며 느릿느릿 다가오고 있었고, 태양이 떠오르자 장밋빛으로 물들었다.

끝 모르게 높은 토네이도가 소리 없이 거세게 돌며 점점

더 가까이 다가오고 있었다…….

필리용크는 옴짝달싹 못 했다. 도자기로 만든 새끼 고양이 인형만 끌어안은 채 가만히 서서 생각했다.

'아, 내 아름답고 멋진 재앙이…….'

토네이도는 필리용크 코앞에 있는 바닷가까지 다가왔다. 새하얀 소용돌이는 필리용크를 장엄하게 지나쳐 이제 모래 기둥이 되었고, 헤물렌의 집 지붕을 소리 없이 들어 올렸다. 필리용크는 지붕이 들려 사라지는 광경을 바라보았다. 소용돌이치며 올라가 사라지는 가구들도 보았다. 장식품들도 모두 하늘로 곧장 올라갔다. 쟁반 덮개와 친척들의 사진과 찻주전자 덮개와 외할머니의 크림 단지와 은실과 비단 실로 수놓은 격언까지 하나도 빠짐없이 모조리! 필리용크가 기쁨에 겨워 생각했다.

'아, 너무 좋아! 작고 가엾은 필리용크가 거대한 자연의 힘에 맞서서 뭘 하겠어? 이제 고칠 게 뭐가 있어! 아무것도 없는데! 말끔하게 깡그리 치워져 버렸어!'

토네이도는 근엄하게 들판으로 들어가더니 홀쭉해지다 꺾여서 흩어져 버렸다. 더는 할 일도 없었다.

필리용크는 숨을 깊이 들이쉬고 혼잣말을 했다.

"이제 두 번 다시 두려워할 일 없어. 이제 자유야. 이제 뭐든 할 수 있어."

필리용크는 새끼 고양이 인형을 바위에 내려놓았다. 모형의 한쪽 귀가 밤사이 날아가 버렸고, 코에는 페유가 묻어 있었다. 새로워진 얼굴을 한 새끼 고양이는 조금은 짓궂고 건방져 보였다.

태양이 떠올랐다. 필리용크는 젖은 모래밭으로 내려갔다. 그곳에 필리용크의 양탄자가 놓여 있었다. 바다가 바닷말과 조가비로 장식해 놓은 양탄자는 한 번도 제대로 빨지 않은 듯이 보였다. 필리용크는 조금 킥킥거렸다. 그러고는 양탄자를 움켜쥐고 파도 속으로 끌고 들어갔다.

필리용크는 커다란 초록빛 파도 속으로 뛰어들어서는 양탄자를 깔고 앉았다가 쉿쉿 소리를 내는 흰 거품 속으로 들어갔다 나와서 바다 밑바닥으로 잠수해 들어갔다.

필리용크의 몸 위로 초록빛 투명한 파도가 쉴 새 없이 넘실거렸고, 태양이 떠 있는 물 위로 다시 솟아오른 필리용크는 물을 뿜으며 웃음을 터뜨리더니 양탄자와 함께 파도 속에서 소리치며 춤을 추었다.

필리용크는 살면서 이렇게 재미있는 시간을 보내기는 처음이었다.

개프지는 필리용크가 눈에 띌 때까지 한참 동안이나 필리용크를 부르며 찾았다.

개프지가 소리쳤다.

"어쩜 이렇게 끔찍한 일이 다 있담! 어머, 가엾은 필리용크 여사님!"

필리용크가 양탄자를 끌고 바닷가로 올라오며 말했다.

"안녕하세요! 좋은 아침이죠?"

개프지는 소리를 질렀다.

"아니, 정신이 하나도 없어요. 뭐 그런 밤이 다 있나 몰라요! 내내 여사님 생각만 났어요. 저도 봤다니까요! 그게 왔을 때 봤다고요! 그게 진짜 재앙인가 봐요!"

필리용크는 천연덕스럽게 물었다.

"그런데요?"

개프지가 흐느꼈다.

"여사님 말이 맞았어요. 다 맞았다고요. 재앙이 일어날 거라고 말씀하셨잖아요. 여사님의 아름다운 장식품들은 다 어떡해요. 아름다운 집은 어떻고요! 너무 걱정이 돼서, 밤새 전화를 걸었는데 전화선이 바람에 넘어져서……."

필리용크가 모자의 물을 짜내며 말했다.

"친절하기도 하셔라. 하지만 쓸데없는 일을 하셨어요. 알고 계시겠지만, 헹구는 물에 식초를 조금 부어 넣으면 양탄자 빛깔이 바래지 않고 훌륭하게 살아 있어요! 걱정할 필요가 하나도 없지요!"

그러더니 필리용크는 모래밭에 주저앉아 눈물이 날 만큼 웃어 댔다.

# 네 번째 이야기

# 세상에 남은 마지막 용

한여름이 끝날 무렵이었던 어느 목요일, 무민은 무민파파의 해먹이 달린 나무 바로 오른쪽에 있는, 갈색 물이 찰랑거리는 커다란 연못에서 작은 용을 한 마리 잡았다.

물론 무민은 용을 잡으려던 요량은 아니었다. 그저 연못 밑바닥 진흙을 기어 다니는 작은 생명들을 몇 마리 잡아 다리를 어떻게 움직여서 헤엄치는지 그리고 뒤로 헤엄치기도 하는지 알아보고 싶었을 뿐이었다. 하지만 무민이 유리병을 얼른 들어 올렸을 때, 안에는 어딘지 모르게 남다른 무언가가 들어 있었다.

무민이 경건하게 속삭였다.

"세상에."

그러고는 두 손으로 병을 붙잡고 가만히 들여다보았다.

병 속에는 성냥갑만 한 크기에 금붕어 지느러미만큼이나 아름다워 보이는 투명한 날개를 유유히 움직이며 물속을 헤엄치는 용이 들어 있었다.

하지만 이 조막만 한 용만큼 금빛 찬란한 금붕어는 이 세상에 없었다. 햇빛에 비친 오톨도톨한 피부는 금빛으로 반짝거렸고, 작은 머리는 선명한 초록빛이었으며, 두 눈은 레몬처럼 노란빛이었다. 금빛으로 물든 다리 여섯 개마다 자그마한 초록빛 발이 달려 있었고, 꼬리는 끄트머리로 갈수록 초록빛이 짙어졌다. 정말 환상적이었다.

무민은 바람구멍이 나 있는 병뚜껑을 돌려서 닫고 이끼 낀 바닥에 병을 조심스럽게 내려놓았다. 그런 다음, 그 앞에 엎드려 용을 가까이 들여다보았다.

용이 유리벽 쪽으로 헤엄쳐 오더니 작디작은 하얀 이빨이 줄줄이 난 작은 입을 쩍 벌렸다.

무민은 생각했다.

'화났네. 정말 엄청 작은데도 화가 났어. 이 용이 나를 좋아하게 하려면 뭘 해야 하지……. 얘는 뭘 먹을까? 용은 뭘 먹지……'

무민은 걱정스럽고 들뜬 마음으로 병을 다시 들어 올리고는 용이 유리벽에 부딪히지 않도록 가만가만 집으로 걸어갔다. 용은 어마어마하게 작고 예민했다.

무민이 속삭였다.

"내가 널 돌봐 주고 사랑해 줄게. 밤에 내 베개에서 자도 돼. 네가 더 커서 나를 좋아하기 시작하면, 나랑 바다에서 헤엄칠 수도 있어."

무민파파는 담배밭에서 일하고 있었다. 물론 무민파파에게 용을 보여 줄 수도 있었다. 하지만 보여 주지 않기로 했다. 당분간은. 용이 익숙해질 때까지 며칠 동안은 혼자서 용을 돌보기로 했다. 비밀에 부치고 가장 재미있는 일을 기다릴 수도 있었다. 그러니까, 스너프킨에게 용을 보여 주는 일처럼. 무민은 병을 꼭 끌어안고 심드렁한 척하며 뒷문 계단으로 갔다. 가족들은 모두 베란다 앞 어딘가

에 있었다. 무민이 집 안으로 살그머니 들어간 바로 그 순간, 물통 뒤에서 튀어나온 미이가 호기심 넘치는 목소리로 소리쳤다.

"그게 뭐야?"

무민이 말했다.

"아무것도 아니야."

미이가 고개를 빼며 말했다.

"병이네. 뭐가 들었는데? 왜 숨겨?"

무민은 계단을 뛰어 올라가 방으로 들어갔다. 무민이 병을 탁자에 내려놓자, 안에 든 물이 출렁거렸고 용은 날개로 머리를 감싸며 몸을 공처럼 웅크렸다. 이윽고 용이 몸을 천천히 펴더니 이빨을 드러냈다.

무민이 약속했다.

"두 번 다시 이런 일은 없을 거야. 미안해, 용아."

무민은 용이 주위를 둘러볼 수 있도록 뚜껑을 돌려 연 다음, 문에 빗장을 질렀다. 미이가 절대로 알아서는 안 될 일이었다.

무민이 용에게 돌아가 보니, 용은 물에서 나와 병 가장자리에 앉아 있었다. 무민은 용을 만져 보려고 조심스럽게 손을 내밀었다.

그러자 용이 입을 벌리더니 작은 연기구름을 내뿜었다. 불꽃같은 빨간 혀도 나왔다가 재빨리 들어갔다.

"아야!"

무민은 손을 데고 말았다. 심각하지는 않았지만, 데기는 했다.

용이 더욱 감탄스러워진 무민이 천천히 물었다.

"화났구나, 그렇지? 너는 엄청나게 끔찍하고 잔인하고 소름 끼치는 용이야, 그렇지? 아, 예쁘고 귀여운 꼬맹이 같으니라고!"

용은 콧방귀를 뀌었다.

무민은 침대 밑으로 들어가 보관함을 꺼냈다. 그 안에는 조금 딱딱해진 작은 팬케이크 몇 쪽, 샌드위치 반쪽과 사과 한 알이 들어 있었다. 무민은 그 세 가지를 조금씩 뜯어내어 작게 조각내서는 탁자에 앉아 있는 용의 주위에 놓았다. 용은 조금 킁킁거리더니 무민을 깔보듯이 쳐다보고는 갑자기 믿을 수 없을 만큼 재빨리 창틀로 달려가 큼직하게 살이 오른 8월의 파리 한 마리를 공격했다.

파리는 웽웽 소리를 멈추었고, 대신 바드득 소리가 났다. 용은 조그마한 초록빛 앞발로 파리의 목덜미를 움켜쥐며 파리의 눈에 연기를 내뿜었다.

그 뒤, 하얗고 작은 이빨이 딱딱거리는 소리를 내더니 용이 입을 커다랗게 벌렸고, 그 안으로 8월의 파리가 들어갔다. 용은 꿀꺽거리며 입맛을 다시더니, 코를 핥고 귀 뒤를 긁으며 한 눈으로 무민을 조롱하듯 쳐다보았다.

무민이 소리쳤다.

"그런 것까지 할 줄 알다니! 아, 우리 작은 귀염둥이."

바로 그때, 아래층에서 무민마마가 아침 먹을 시간이라며 징을 쳤다.

무민이 말했다.

"이제 얌전히 기다려. 빨리 돌아올게."

무민은 잠시 서서 어루만지지는 못한 채 애틋한 눈길로 용을 바라보다가 "꼬마 친구."라고 속삭이고는 재빨리 계단을 뛰어 내려가 베란다로 나갔다. 미이는 죽에 숟가락도 대지 않고 수다부터 시작했다.

"어떤 유리병에 비밀을 숨긴 녀석이 있다던데."

무민이 말했다.

"입 다물어."

미이는 말을 이었다.

"한번 상상해 보세요. 거머리나 쥐며느리, 아니면 일 분에 백배씩 커지는 엄청 큰 지네를 몰래 숨겨 놓고 있으면 어떻게 될지 말이에요."

무민이 말했다.

"엄마, 엄마도 아시겠지만, 언젠가 저랑 마음을 나눌 수 있는 작은 동물을 키우게 된다면, 그건……."

"된다면— 되었다면— 말았다면— 말렸다면—."

이렇게 말한 미이가 입으로 우유 잔에 거품을 냈다.

신문을 보던 무민파파가 눈을 들어 물었다.

"뭐라고?"

무민마마가 설명했다.

"무민이 새로운 동물을 찾았대요. 혹시 개가 무니?"

무민이 웅얼거렸다.

"문다는 느낌도 들지 않을 만큼 아주 작아요."

밈블이 물었다.

"그러면 얼마나 지나야 크는데? 언제 볼 수 있어? 말은 해?"

무민은 아무 대답도 하지 않았다. 이제 죄다 엉망진창이 되어 버렸다. 이랬어야 했다. 먼저 비밀을 간직하고 있다가 나중에 깜짝 놀라게 해 주어야 했다. 하지만 가족들과 같이 살면 비밀을 간직할 수도, 놀라게 해 줄 수도 없다. 가족들은 처음부터 다 알고 있으니, 그다음에는 무슨 수를 써도 재미가 없다.

"밥 먹고 강으로 내려갈 생각이에요."

무민은 천천히 그리고 거만하게 말했다. 용처럼 거만하게.

"엄마, 제 방에는 아무도 들어가면 안 된다고 말해 주세요. 들어갔다가 무슨 일이 생겨도 책임 못 져요."

"그래."

무민마마는 이렇게 대답하고는 미이를 바라보았다.

"살아 있는 그 누구도 무민 방에 들어가서는 안 돼요."

무민은 점잖게 죽을 먹었다. 그러고 나서 정원을 가로질러 다리를 향해 내려갔다.

스너프킨은 천막 바깥에 앉아 코르크 찌를 색칠하고 있었다. 무민은 스너프킨을 보자마자 다시 용이 생각나 기분이 좋아졌다.

무민이 말했다.

"휴, 가족들은 가끔 너무 성가셔."

스너프킨은 담뱃대를 입에서 떼지 않은 채 끙끙거리며 맞장구를 쳤다. 무민과 스너프킨은 남자들끼리만 아는 우정 어린 공감 속에서 잠시 묵묵히 앉아 있었다.

갑자기 무민이 입을 열었다.

"있잖아, 여행 다닐 때 용을 만난 적 있어?"

"불도마뱀이나 도마뱀도 악어도 아니고 말이지."

그러더니 스너프킨은 한동안 아무 말도 하지 않았다.

"물론 용 말이겠지. 아니. 용은 이제 이 세상에 존재하지 않아."

무민이 천천히 말했다.

"어쩌면. 어쩌면 누가 유리병에 잡아넣은 한 마리쯤은 있을지도 몰라."

스너프킨은 눈을 부릅뜨고 무민을 날카롭게 지켜보더

니 무민이 즐겁고 신이 나서 어쩔 줄 몰라 하고 있다는 사실을 눈치 챘다. 그렇지만 스너프킨은 무시하듯 딱 잘라 말했다.

"그럴 리가 없어."

"성냥갑만 한 용이 불을 뿜더라니까."

무민은 말을 잇고는 하품을 했다.

무민이 깜짝 놀라게 할 때 어떻게 대해야 하는지 잘 아는 스너프킨이 말했다.

"설마."

무민이 허공을 올려다보며 말했다.

"작디작은 초록빛 발에 진짜 금빛이 반짝이고 엄청 정답게 어디든 따라다니는……."

그러더니 무민이 벌떡 일어나며 소리쳤다.

"그런 용을 내가 찾았어! 나만의 작은 용을 찾았다고!"

무민과 스너프킨이 집으로 가는 동안, 스너프킨은 의심했다가 놀랐다가 감탄하기까지 했다. 스너프킨의 반응은 완벽했다.

둘은 계단을 올라가 다락방 문을 조심스럽게 열고 안으로 들어갔다.

유리병은 탁자에 그대로 있었지만 용은 없었다. 무민은

침대 밑, 서랍장 뒤까지 찾아보았고, 사방을 기어 다니면서 용을 찾으며 나오라고 구슬렸다.

"꼬마 친구…… 예쁜 꼬— 맹— 아—. 착하지……."

스너프킨이 말했다.

"저기 좀 봐. 용이 커튼에 앉아 있어."

정말로 용이 천장 바로 아래에 달린 커튼 봉에 앉아 있었다.

무민이 걱정스럽게 소리쳤다.

"어떻게 저기까지 갔지. 떨어지면 어떡해……. 꼼짝 말고 가만히 있어. 조금만 기다려……. 아무 말 말고……."

무민은 침대에서 침대보를 벗겨 내서는 창 아래 바닥에 펼쳤다. 그런 다음, 헤물렌의 낡은 나비 채집망을 용의 코 앞까지 들어 올렸다.

무민이 작은 소리로 말했다.

"뛰어내려! 겁내지 마. 다칠 일 없어……."

스너프킨이 말했다.

"용이 겁먹잖아."

용은 입을 벌리고 쉿 소리를 냈다. 채집망에 이빨을 박고 작은 엔진처럼 덜덜거리기까지 했다. 그러더니 용이 갑자기 날개를 펄럭이며 천장을 빙빙 돌기 시작했다.

무민이 소리쳤다.

"난다, 날아! 내 용이 날고 있어!"

스너프킨이 말했다.

"당연하지. 그렇게 뛰지 좀 마. 가만히 있어 봐."

이제 저 높이 천장 한가운데에서 멈춘 용은 날개를 나방처럼 바르르 떨었다. 그러고 나서 수직으로 단박에 내려오더니, 무민의 귀를 물어 무민이 비명을 질렀고, 용은 그대로 날아가 스너프킨의 어깨에 내려앉았다.

용은 스너프킨의 귓가로 바짝 다가가서 눈을 감고 가르랑거리기 시작했다.

놀란 스너프킨이 말했다.

"이런 개구쟁이를 봤나. 불덩이 같은 녀석인데. 뭘 하는 걸까?"

무민이 말했다.

"용이 널 좋아하나 봐."

오후에 스노크메이든이 미이의 외할머니 집에서 돌아오자마자 무민이 용을 찾아냈다는 사실을 알게 되었다.

용은 커피 탁자에 놓인 스너프킨의 잔 옆에 앉아 발을 핥고 있었다. 스너프킨을 뺀 나머지 가족들은 모두 용에게 물렸고 용은 화날 때마다 뭔가를 태워 구멍을 냈다.

스노크메이든이 말했다.

"진짜 귀엽다! 이름이 뭐야?"

무민이 중얼거렸다.

"특별한 이름은 없어. 그냥 용이야."

무민은 용의 자그마하고 빛나는 다리 한쪽을 만지려고 식탁보 위로 조심스럽게 손을 뻗었다. 그때 갑자기 용이 몸을 돌리더니 쉿 소리를 내며 작은 연기를 내뿜었다.

스노크메이든이 소리를 질렀다.

"어머, 정말 귀여워!"

용은 스너프킨에게 가까이 다가가 스너프킨의 담뱃대 냄새를 맡았다. 용이 앉아 있던 식탁보는 둥그렇게 갈색으로 구멍이 났다.

무민마마가 말했다.

"용이 유포에도 불로 구멍을 낼 수 있으려나."

미이가 설명했다.

"식은 죽 먹기죠. 조금만 더 크면 집을 홀랑 태워 버릴 텐데요. 두고 보라고요!"

미이가 케이크 한 쪽을 집자마자 용이 작은 금빛 에리니스*처럼 날아 미이의 손을 깨물었다.

"이 망할 녀석!"

미이가 소리를 지르며 냅킨으로 용을 찰싹 때렸다.

"그런 말하면 천국에 못 가."

밈블이 곧바로 말을 되받아쳤지만, 무민이 밈블의 말을 가로채며 사납게 소리쳤다.

"용은 잘못 없어! 네가 케이크에 앉은 파리를 먹을 줄 알고 그랬을 테니까."

잔뜩 약이 오른 미이가 소리쳤다.

"무민은 용 편이네! 그런데 어쩌나. 네 용이 아니라 스너프킨만 좋아하는 스너프킨의 용인데!"

잠시 침묵이 흘렀다.

스너프킨이 자리에서 일어나며 말했다.

"철모르는 어린애가 조잘거리긴. 두어 시간 지나면 용은

* **에리니스**('Ερινύες/Erenyes)_ 그리스 신화에서 저주와 복수로 죄인을 응징하는 세 여신 에리니에스('Ερινύς/Erinys)의 단수형. 박쥐의 날개를 달고 있으며, 뱀이 머리카락을 휘감고 있고, 횃불과 채찍을 손에 든 모습으로 그려진다.—옮긴이

누가 제 주인인지 알게 돼. 자, 가야지. 주인한테 날아가."

하지만 스너프킨의 어깨로 날아오른 용은 여섯 발을 모조리 써서 딱 달라붙어 재봉틀처럼 드르륵 소리를 냈다. 스너프킨은 이 고약한 말썽꾸러기를 엄지와 검지로 잡아 커피 주전자 덮개 밑에 집어넣었다. 그런 다음, 유리문을 열고 정원으로 나갔다.

무민은 커피 주전자 덮개를 살짝 들어 올리며 말했다.

"숨 막히겠다."

번개처럼 밖으로 나온 용은 창으로 날아가 창유리에 앞발을 대고 스너프킨을 바라보았다. 잠시 뒤, 용은 꼬리까지 잿빛으로 변해 낑낑거리기 시작했다.

무민파파가 말했다.

"용은 말이다. 약 칠십 년 전 모든 이의 기억에서 사라졌단다. 대화 사전에서 찾아봤지. 가장 오랫동안 남아 있던 종은 감정이 풍부하고 강력한 화력을 갖추었다는구나. 고집이 어찌나 센지 절대로 생각을 바꾸는 법이 없었고……."

무민이 자리에서 일어나며 말했다.

"커피 잘 마셨어요. 전 올라갈게요."

무민마마가 물었다.

"무민, 용을 베란다에 남겨 둘까? 아니면 데리고 올라갈래?"

무민은 아무 대답도 하지 않았고 걸어가 문을 열었다. 용이 바깥으로 나가 불꽃을 번득였을 때, 스노크메이든이 소리쳤다.

"안 돼! 두 번 다시 용을 잡을 수 없을 텐데! 왜 그랬어? 난 용을 제대로 보지도 못했는데."

무민은 이를 악물고 말했다.

"스너프킨한테 가서 봐. 용은 스너프킨의 어깨에 앉아 있을 테니까."

무민마마가 안쓰럽게 말했다.

"무민, 우리 꼬맹이."

스너프킨은 용이 날아들어 무릎에 앉은 다음에야 비로소 낚싯대를 꺼낼 틈이 생겼다. 용은 스너프킨을 다시 만난 기쁨에 몸을 구부렸다.

스너프킨은 용을 떼어내며 말했다.

"이러지 마. 훠이, 저리 가. 집으로 가라고!"

그렇지만 스너프킨은 아무 소용이 없다는 사실을 알고 있었다. 용은 절대로 떠나지 않을 터였다. 그리고 스너프킨의 기억이 틀리지 않았다면, 용은 백 년은 너끈히 살았다.

스너프킨은 자기 앞에서 온갖 재롱을 떠는 작고 빛나는 생명을 근심 어린 눈으로 지켜보았다.

스너프킨이 말했다.

"네가 아름답긴 해. 너를 키우면 재미도 있을 테고. 하지만 무민이……."

용이 하품을 했다. 그러더니 스너프킨의 낡은 모자에 날아올라 잠을 자려고 낡은 모자챙에서 몸을 둥글게 말았다. 스너프킨은 한숨을 내쉬며 강물에 낚싯줄을 드리웠다. 새로 만든 찌가 물결 속에서 선홍빛으로 반짝이며 오르락내리락했다. 무민은 오늘 낚시할 마음이 없을 터였다. 머리 아픈 일은 그로크가 모조리 가져가 버리면 좋으련만…….

시간이 흘렀다.

작은 용은 파리 몇 마리를 쫓아 날아갔다가 잠을 자려고 모자로 되돌아왔다. 스너프킨은 로치 다섯 마리 그리고 엄청나게 난리를 치는 바람에 다시 풀어 준 뱀장어 한 마리를 잡았다.

저녁 즈음, 배 한 척이 강을 따라 내려왔다. 젊은 헤물렌 하나가 앉아서 배를 몰고 있었다.

헤물렌이 물었다.

"고기가 좀 잡히나요?"

스너프킨이 대답했다.

"그럭저럭요. 어디 멀리 가세요?"

헤물렌이 말했다.

"제법 멀리 갑니다."

스너프킨이 말했다.

"물고기를 좀 드릴 테니까 계류용 밧줄을 이리 주세요. 젖은 신문지에 싸 두었다가 석쇠에 놓고 잉걸불에 구워 드세요. 그럼 괜찮아요."

선물을 받는 데 익숙지 않은 헤물렌이 물었다.

"대신 뭘 갖고 싶은데요?"

스너프킨이 웃음을 터뜨리며 용이 잠들어 있는 모자를 벗더니 말했다.

"잘 들어요. 이 친구를 멀리 데려가서 파리가 많은 어디 살기 편한 곳에 풀어 주세요. 둥지처럼 보이도록 모자는 접어서 편한 수풀 밑 같은 데에 놓아 주시고요."

헤물렌이 의심스럽게 물었다.

"이 녀석은 용인가요? 물 수도 있나요? 얼마나 자주 먹죠?"

스너프킨은 천막에 들어가서 커피 주전자를 들고 돌아왔다. 커피 주전자 안에 풀을 조금 깔고 잠든 용을 조심스럽게 내려놓았다. 그런 다음, 뚜껑을 닫은 스너프킨이 말했다.

"주전자 주둥이로 파리를 넣어 주고, 가끔 물도 조금 넣어 주세요. 주전자가 뜨거워져도 신경 쓰지 마시고요.

그럼 돼요. 이틀이나 사흘 정도 지나서 제 말대로 해 주세요."

"로치 다섯 마리 값어치로는 비싼데."

헤물렌은 부루퉁하게 말하며 계류용 밧줄을 거두어들였다. 배가 물결을 따라 천천히 미끄러져 내려가기 시작했다.

스너프킨이 강물에 대고 소리쳤다.

"모자 얘기 잊지 말아요. 용은 내 모자에 약해요."

"그래요, 그래. 알았어요."

헤물렌은 대답과 함께 강을 따라 사라져 갔다.

스너프킨은 생각했다.

'저 친구는 틀림없이 물리겠지. 사실, 물려도 싸.'

노을이 진 다음에야 무민이 왔다.

스너프킨이 말했다.

"왔구나."

무민이 대답했다.

"그래, 왔어. 물고기는 좀 잡았어?"

스너프킨이 말했다.

"그냥저냥. 앉지 그래?"

"아, 그냥 지나가던 길이었어."

침묵이 흘렀다. 전에 없던 침묵이었고, 난처하면서도 어딘가 불편했다. 마침내 무민이 허공에 대고 물었다.

"음, 걔는 어둠 속에서도 빛날까?"

"누구?"

"누구긴, 용 말이지. 나도 진짜 우습지. 그런 녀석이 어둠 속에서 빛날지 물어보다니, 우습다고 생각해."

스너프킨이 말했다.

"난 정말 모르겠는걸. 집에 가서 봐봐."

무민이 소리쳤다.

"놔줬는걸. 너한테 오지 않았어?"

스너프킨은 담뱃대에 불을 붙이며 말했다.

"응. 그런 작은 용들은 그때그때 생각나는 대로 굴잖아. 변덕이 죽 끓듯 해서 어디에서 살 오른 파리 한 마리라도 보이면 그 전에 뭘 생각하고 느꼈든 모조리 잊어버리지. 용이라는 녀석이 그렇잖아. 오래 붙들고 있을 수가 없어."

무민은 한동안 아무 말도 하지 않았다. 이윽고 무민이 풀밭에 앉아 말했다.

"네 말이 맞겠지. 용이 떠나서 다행이야. 차라리 잘된 일일지도 몰라. 있잖아. 새로 만든 저 찌 말인데, 물속에 있으니까 멋지다. 빨간 거 말이야."

스너프킨이 맞장구쳤다.

"그럴싸하지. 너한테도 하나 만들어 줄게. 내일은 내려와서 낚시해야지?"

무민이 말했다.

"당연하지. 두말하면 잔소리야."

# 다섯 번째 이야기

# 침묵을 사랑한 헤물렌

옛날에 놀이동산에서 일하는 헤물렌이 있었는데, 놀이동산 일이 늘 엄청나게 재미있다고만은 할 수 없었다. 헤물렌은 놀이동산 이용객들이 한 번 쓴 입장권을 또 써서 재미있게 놀지 못하게 이용객들의 입장권에 구멍을 뚫는 일을 했는데, 평생 그런 일만 하다 보면 기분이 울적해질 수밖에 없었다.

헤물렌은 구멍을 뚫고 또 뚫었고, 구멍을 뚫으면서 나중에 정년퇴직하게 되면 무엇을 하면 좋을지 상상해 보곤 했다.

정년퇴직한다는 말이 무슨 뜻인지 모르는 이들을 위해 설명하자면, 그 말은 나이가 많이 들면 하던 일을 그만두고 하고 싶은 일을 마음 편히 할 수 있다는 뜻이다. 적어도 헤물렌의 친척들은 그렇게 설명해 주었다.

헤물렌은 친척이 어마어마하게 많았는데, 많을 뿐만 아니라, 요란하고, 수다스럽고, 서로 등을 두드리며 엄청 큰 소리로 웃음을 터뜨리기까지 하는 헤물렌 종족이었다.

친척들은 놀이동산을 함께 운영했는데, 트롬본을 불거나 망치를 던지고, 이상한 이야기를 늘어놓아 놀이동산 이용객들을 깜짝 놀라게 하곤 했다.

하지만 나쁜 뜻은 없었다.

헤물렌은 친척들과 촌수가 가깝다고는 할 수 없어서, 다시 말해, 친척들과는 절반 정도만 피가 섞여서 놀이동산을 함께 운영하지는 않았다. 같은 이유로 부탁을 거절하고 요란법석을 떨 줄도 몰랐기 때문에 어린 친척 아이들을 돌보고 커다란 풀무를 저어 회전목마를 돌리고, 놀이동산 이용객들의 입장권에 구멍을 뚫었다.

"자네는 홀몸인 데다 하는 일도 없군그래. 그러니 놀이동산 일을 좀 거들면서 남들하고 어울리다 보면 기운이 날 걸세."

친척들은 이렇듯 다정하게 말했다.

헤물렌은 그런 친척들에게 설명하려 했다.

"하지만 저는 전혀 외롭지 않습니다. 외로울 겨를도 없어요. 기운이 북돋게 도와주려는 분들이 아주 많습니다. 죄송하지만, 그보다는……."

친척들은 헤물렌의 어깨를 토닥이며 말했다.

"좋아. 암, 그래야지. 외로워하지 말고, 뭐든 늘 열심히 해 보게."

헤물렌은 입장권에 구멍 뚫는 일을 계속하면서도 거대하고 멋지고 조용한 고독을 꿈꾸며 빨리 나이가 들기를 바랐다.

밤이면 밤마다 놀이동산에서는 회전목마가 빙빙 돌았고, 트롬본 연주가 이어졌고, 개프지들과 훔퍼들과 밈블들이 롤러코스터를 타고 소리를 질러 댔다. 부블 에드워드는 자기 깨뜨리기 대회에서 일등을 했다. 울적하게 꿈을 꾸는 헤물렌 주위에서 모두들 춤을 추고, 소리를 지르고, 웃음을 터뜨리고, 말싸움하고, 먹고 마셔 대는 바람에 헤물렌은 재미있게 놀며 왁자지껄하게 떠드는 이들이 점점 무서워지기까지 했다.

헤물렌은 어린 친척 아이들이 쓰는 방에서 잤는데, 낮에는 밝고 아늑했지만 한밤중이면 아이들이 자다 깨서 소리 지르고 울기 일쑤여서 그때마다 헤물렌이 손풍금을 연

주하며 우는 아이들을 달래 주었다.

날이 밝고 나면 헤물렌은 친척들로 북적이는 집에서 자질구레한 일을 모두 거들면서 하루 내내 함께 있었고, 친척들이 신이 나서 생각과 기분과 한 일과 할 일을 모조리 이야기하는 시끌벅적한 소리를 들었다. 하지만 헤물렌이 말할 틈은 없었다.

한 번은 헤물렌이 저녁을 먹을 때 물었다.

"저도 곧 나이가 들지 않을까요?"

헤물렌의 삼촌이 쾌활하게 소리쳤다.

"나이가 들어? 자네가? 아직 멀었지. 자네 생각보다 더 나이가 들지는 않았으니 기운 내게."

헤물렌은 희망 섞인 목소리로 말했다.

"하지만 저는 엄청나게 나이가 많이 들었다고 생각합니다만."

헤물렌의 삼촌이 말했다.

"어허, 쉿. 오늘 밤에는 불꽃놀이가 우리 기운을 북돋워 줄 테고 악단은 동틀 녘까지 연주를 계속할 걸세."

하지만 불꽃놀이는 없었고, 밤새 내린 큰비는 다음 날도 그다음 날도 그리고 한 주 내내 이어졌다.

사실대로 말하자면, 비는 8주 동안 쉬지 않고 내렸는데 아무도 이런 일을 들어 본 적이 없었다.

놀이동산은 꽃이 시들어 버리듯 제 빛을 잃어 갔다. 무너져 내렸고, 빛바랬고, 녹이 슬었고, 쪼그라들었으며 모래밭 위에 세워진 탓에 놀이동산은 모조리 떠내려가 버리고 말았다.

롤러코스터는 한숨 소리를 내며 주저앉았고 회전목마는

커다란 잿빛 물웅덩이에서 빙빙 돌다가 이번 비에 새로 생긴 강줄기를 타고 천천히 떠내려가 버렸다. 토플들과 숲의 아이들과 훔퍼들과 밈블들과 이름이 있는 또 다른 아이들을 비롯한 꼬마들 모두 유리창에 코를 박고 7월이 비에 휩쓸려 사라지고 빛깔과 음악이 홍수에 실려 떠나는 광경을 지켜보았다.

놀이동산에 있던 '거울로 만든 방'은 수백만 개로 산산조각이 나서 부서진 채 젖어들었고 '놀라운 집'에 있던 분홍빛 종이 장미는 흠뻑 젖어 들판 너머로 떠내려가 버렸다. 아이들이 흐느끼는 소리가 온 동네에서 노래처럼 흘러나왔다.

놀이동산을 잃어버리고 두 손 놓고 슬퍼하는 아이들이 엄마들과 아빠들을 절망으로 몰아가고 있었다.

나무마다 장식 띠와 바람 빠진 풍선이 늘어졌고, 놀이 동산에 있던 '즐거운 집'에는 진흙이 가득 들어찼으며, 머리 셋 달린 악어는 바다로 떠났다. 풀로 붙여 놓았던 머리 두 개는 남겨 놓고 떠났다.

친척들은 이 모든 일을 엄청나게 재미있어했다. 창가에 모여 서서 깔깔대고 손가락질을 하고 서로 등을 두드리며 소리쳤다.

"저기 좀 봐! 저기 떠내려가는 커튼은 꼭 아라비안나이트에 나오는 양탄자 같잖아! 저쪽에는 무대가 떠내려가고 있어! 저쪽 필리용크네 집 지붕에는 '무서운 집'에 있던 박쥐 다섯 마리가 앉아 있고! 정말 장관이로군!"

신이 난 친척들은 놀이동산 대신 스케이트장을 만들기로 했고, 그곳에서도 입장권에 구멍 뚫는 일을 할 수 있다며 헤물렌을 위로하기도 했는데, 물론 물이 얼어붙었을 때 이야기였다.

헤물렌이 불쑥 말했다.

"아니요. 아니요, 아니요, 아니요. 그러고 싶지 않아요. 퇴직하고 싶습니다. 어디 조용한 데서 혼자 지내면서 제가 하고 싶은 일을 하겠습니다."

헤물렌의 조카가 깜짝 놀라 물었다.

"아니, 삼촌. 진심이세요?"

헤물렌이 말했다.

"응. 한마디도 빠짐없이."

친척들은 질겁해서 물었다.

"그럼 전에는 왜 그런 말을 하지 않았나? 우리는 자네가

재미있게 지내는 줄 알았네만."

헤물렌은 속내를 털어놓았다.

"용기가 나질 않아서요."

그러자 친척들은 다시 웃음을 터뜨리며 헤물렌이 싫다는 말 한마디 하지 못하고 마음에도 없는 일을 평생 해 왔다니 우스꽝스럽다고 생각했다.

헤물렌의 이모가 헤물렌을 격려하듯 물었다.

"그랬구나. 그러면 뭘 하고 싶니?"

헤물렌이 기어드는 목소리로 말했다.

"인형의 집을 만들고 싶어요. 세상에서 가장 아름답고 층층이 높은 인형의 집이요. 장중하고 텅 비어 있고 조용한 방도 많이 만들고요."

그러자 친척들은 배꼽이 빠지게 웃다가 주저앉아 버릴 만큼 깔깔댔다. 서로 옆구리를 찔러 대면서 소리까지 질러 댔다.

"인형의 집이래! 들었지! 인형의 집이라잖아!"

친척들이 눈물까지 글썽거릴 만큼 웃고 나서 말했다.

"여보게, 자네가 하고 싶은 일을 하게나! 할머니가 물려주신 오래된 공원을 줌세. 지금 그 공원은 쥐 죽은 듯이 조용할 테니. 거기라면 방해받지 않고 지내면서 마음껏 놀 수 있을 걸세. 재미있게 잘 지내보게나."

헤물렌이 겸연쩍게 말했다.

"고맙습니다. 늘 저한테 선의를 베풀어 주셨잖아요."

친척들이 비웃는 바람에 조용하고 아름다운 방이 있는 인형의 집을 만들겠다는 헤물렌의 꿈은 산산이 부서져 사라지고 말았다. 하지만 사실, 친척들의 잘못이라고 할 수는 없었다. 헤물렌에게 의미 있는 일을 망쳐 버렸다고 누가 친척들에게 말해 주었더라면, 친척들은 진심으로 미안해했을 터였다. 그리고 깊이 숨겨 두어야 할 남모를 꿈을 너무 일찍 말하고 다니면 위험에 빠질 수밖에 없었다.

헤물렌은 할머니의 공원이었지만 이제 자기 몫이 된 공원으로 향했다. 열쇠도 가져갔다.

할머니가 불꽃놀이를 하다 집을 홀랑 태워 먹고 나서

가족 모두 이사한 뒤로 그 공원은 텅 빈 채로 굳게 닫혀 있었다.

너무 오랜만에 가는 길이라 헤물렌은 조금 헤맸다.

숲은 더 우거졌고 길은 물에 잠겼다. 헤물렌이 걸어가는 동안 비가 그쳤는데, 8주 전에 갑자기 시작되었듯 갑자기 그쳤다. 하지만 헤물렌은 비가 그친 줄도 몰랐다. 인형의 집을 만들 마음이 사라졌고, 꿈도 잃었다는 사실을 슬퍼하느라 여념이 없었다.

이제 나무숲 사이로 공원 담장이 드러나 보였다. 여기저기 무너져 내리기는 했지만 담장은 여전히 무척 높았다. 철제로 만든 공원 출입문은 녹이 슬어서 자물쇠를 열기 힘들었다.

헤물렌은 공원 안으로 들어간 다음 문을 걸어 잠갔다. 그 순간, 인형의 집은 까맣게 잊어버렸다. 살면서 처음으로 자기 공간의 문을 열고 들어가 닫은 순간이었다. 헤물렌에게 집이 생겼다. 다른 누구와 함께 살지 않는 혼자만의 집이.

천천히 비구름이 걷히고 태양이 모습을 드러냈다. 축축하게 젖은 공원에 아지랑이가 피어오르며 헤물렌의 주위에서 반짝거렸다. 푸르른 공원은 으늑했다. 어마어마하게 오랜 시간 동안 풀도 베지 않았고 청소도 하지 않았다.

나무는 바닥까지 가지를 늘어뜨렸고 덤불은 나무를 타고 올라가기에 바빴으며 할머니가 살 때 터놓은 개울은 제멋대로 풀밭을 가로지르며 엇갈린 채 졸졸 흐르고 있었다. 이제 개울은 공원에 물을 대지 않았지만 알아서 흘러갔고, 길은 오래전에 사라지고 없지만 작은 다리는 많이 남아 있었다.

헤물렌은 푸르고 정다운 침묵 속으로 냅다 몸을 던져 그 안에서 껑충껑충 뛰고 데굴데굴 구르면서 전보다 젊어진 느낌을 맛보았다.

헤물렌은 생각했다.

'나이 들어 퇴직하게 되다니 이렇게 좋을 수가. 아, 친척들이 얼마나 고마운지. 아무튼 이제 더는 친척들 생각은 할 필요가 없어.'

헤물렌은 기다랗게 자라 반짝이며 빛나는 수풀을 헤집었다가, 나무를 부둥켜안고, 마침내 햇빛 비치는 공원 한가운데에서 잠들었다. 할머니의 집이 있던 자리였다. 이제 성대한 불꽃놀이는 흔적조차 없었다. 그 자리에는 어린 나무가 자라났고 할머니의 침실이 있던 자리에는 열매 수천 개가 주렁주렁 열린 큼지막한 장미 덤불이 서 있었다.

밤이 커다란 별을 잔뜩 데리고 찾아왔을 때에도 헤물렌은 변함없이 공원을 사랑했다. 드넓은 공원은 신비에 싸

여 있었고, 길을 잃을지도 몰랐지만 집을 떠날 리 없으니 상관없었다.

헤물렌은 걷고 또 걸었다.

할머니의 옛 과수원을 찾아낸 헤물렌은 사과와 배가 땅에 뒹구는 모습을 보고 잠시 생각했다.

'아깝기도 하지. 절반도 다 못 먹겠군. 무슨 수를 써야겠어…….'

그러다 무슨 생각을 했는지 잊어버리고 홀리듯 고독과 침묵에 휩싸였다.

헤물렌은 공원에서 보내는 첫 밤에 잠을 이룰 수가 없어 나무 사이로 비쳐드는 달빛을 만끽하기도 하고, 나무의 아름다운 모습에 감탄하기도 하고, 나뭇잎을 둥글게 엮어 목에 걸기도 했다.

다음 날 아침, 공원 철문에 아직 걸려 있던 낡은 종이 딸랑거렸다. 헤물렌은 걱정이 밀려왔다. 누가 바깥에서 공원으로 들어오려 하고 있었고, 헤물렌에게 원하는 무언가가 있었다. 헤물렌은 조심스럽게 담장 옆 덤불 아래로 기어 들어가서는 숨죽였다. 종이 다시 울렸다. 헤물렌이 고개를 내밀자 철문 밖에 서서 기다리고 있는 아주 작은 훔퍼가 보였다.

불안해진 헤물렌이 소리를 질렀다.

"가라. 여기는 사유지야. 내가 살고 있고."

꼬마 훔퍼가 말했다.

"알아요. 아저씨 친척들이 보낸 저녁밥을 가져왔어요."

헤물렌이 상냥하게 말했다.

"아, 그렇구나. 친절도 하셔라."

잠긴 철문을 연 헤물렌은 문틈으로 저녁밥이 담긴 바구니를 받아 들었다. 그런 다음 헤물렌은 다시 철문을 닫았다. 훔퍼는 그대로 서서 헤물렌을 쳐다보고 있었고, 잠시 침묵이 흘렀다.

헤물렌이 조바심 내며 물었다.

"어떻게들 지내니?"

훔퍼가 진심 어린 목소리로 대답했다.

"형편없어요. 우린 하나같이 잘 못 지낸다고요. 아이들 말이에요. 이제 놀이동산이 없잖아요. 그래서 슬퍼하고만 있어요."

헤물렌은 고개를 푹 숙이고 말했다.

"아아."

헤물렌은 억지로 슬픈 생각을 떠올리고 싶지 않았지만, 이야기를 듣는 데 워낙 익숙해서 자리를 떠날 수가 없었다.

훔퍼가 안됐다는 듯이 말했다.

"아저씨도 슬프겠어요. 아저씨가 입장권에 구멍을 뚫었잖아요. 하지만 아주 작고 남루하고 지저분한 아이가 오면 구멍 뚫는 시늉만 했고요! 그때 아저씨는 우리를 입장권 하나로 두 번이든 세 번이든 들여보내 주기도 했잖아요!"

헤물렌이 어물거렸다.

"눈이 침침해서 그랬단다. 이제 집에 갈 때가 되지 않았니?"

훔퍼는 고개를 끄덕였지만 돌아가려고 하지 않았다. 철문에 달라붙어서는 창살 사이로 코를 들이밀었다.

훔퍼가 속삭였다.

"아저씨, 비밀이 하나 있는데요."

헤물렌은 남들의 비밀과 속이야기를 좋아하지 않았기 때문에 겁에 질린 듯 주춤거렸다. 하지만 흥분한 홈퍼는 말을 이어 나갔다.

"우리가 거의 다 건졌어요. 지금 필리용크 아주머니네 장작 창고에 있고요. 우리가 건지고 또 건지느라 얼마나 힘들었는지 아저씨는 상상도 못 하실걸요. 밤마다 우리가 슬쩍 나와서 물속에 잠겨 있던 물건들을 건져 올리고 나무에 걸려 있던 장식도 걷어 내려서 말리고 고쳐서 예쁘게 손봤다고요!"

헤물렌이 말했다.

"뭘 말이니?"

홈퍼가 소리쳤다.

"놀이동산이지 뭐겠어요! 조각조각 난 물건을 몽땅 찾았더니 엄청 많더라고요. 진짜 신나겠죠! 아저씨네 친척들이 짜 맞추고 나면 아저씨도 다시 입장권에 구멍을 뚫을 수 있을지도 몰라요."

헤물렌은 바구니를 내려놓으며 중얼거렸다.

"세상에."

"엄청 근사하죠! 아저씨도 진짜 놀라셨나 봐요."

이렇게 말한 홈퍼는 웃음을 터뜨리더니 손을 흔들며 사

라졌다.

다음 날 아침, 헤물렌은 문가에서 가슴 졸이며 훔퍼를 기다렸고, 훔퍼가 저녁밥이 든 바구니를 들고 나타나자마자 소리쳤다.

"어떻게 됐니? 어떻게 됐어?"

풀죽은 훔퍼가 말했다.

"하기 싫대요. 대신 스케이트장을 만들겠대요. 우린 거의 다 겨울잠을 잘 텐데 말이에요. 그리고 누가 우리한테 스케이트를 주겠어요……."

내심 마음이 놓인 헤물렌이 소리쳤다.

"참 안됐구나."

너무 실망한 훔퍼는 아무 대답도 하지 않았다. 바구니만 내려놓고 그대로 떠나 버렸다.

헤물렌이 생각했다.

'아이들이 안쓰럽군. 저걸 어쩐다.'

그러고 나서 헤물렌은 폐허가 된 할머니의 집터에 나뭇잎으로 오두막을 지어야겠다고 생각했다.

헤물렌은 하루가 다 가도록 오두막을 지으면서 엄청나게 재미있는 시간을 보냈는데, 어두워져서 앞이 보이지 않을 때까지 계속 일하다가 기분 좋게 곯아떨어졌고 다음 날 아침에 늦잠까지 잤다.

헤물렌이 밥을 가지러 철문으로 갔을 때 훔퍼는 이미 다녀가고 없었다. 훔퍼가 두고 간 바구니 덮개 위에는 아이들의 이름이 빼곡히 적힌 편지 한 장이 놓여 있었다.

헤물렌은 편지를 읽어 내려갔다.

"놀이동산 아저씨에게. 다 아저씨 거예요. 아저씨는 친절하니까요. 우리가 아저씨를 좋아하니까 여기 와서 아저씨랑 놀 수도 있고요."

헤물렌은 도무지 이해할 수 없는 내용이었지만, 무서운 예감에 등골이 오싹해졌다.

바로 그때, 헤물렌은 보았다. 창살 너머로 아이들이 놀이동산이라며 건져 낸 물건이 모조리 쌓여 있는 광경을. 적은 양도 아니었다. 대부분 부서지고 잘못 끼워 맞춰져 있었는데, 원래 모습을 잃기라도 한 듯이 괴상망측해 보였다. 예전 모습을 잃어버린 나무, 비단, 철사, 종이와 고철이 모인 잡동사니 세상이었다. 그 잡동사니 더미가 서글프고도 기대에 부푼 눈길로 헤물렌을 뚫어지게 바라보자 헤물렌은 당혹스럽게 시선을 맞추었다.

이윽고 헤물렌은 공원으로 들어가 은둔할 오두막을 계속 지었다.

헤물렌은 오두막을 공들여 지었지만 신통치가 않았다. 잠깐 다른 생각에 잠겨 조바심 내며 일하던 그때, 갑자기

지붕이 내려앉아 오두막이 와르르 무너져 버렸다.

헤물렌이 말했다.

"됐어. 안 해. 하기 싫어. 이제 나도 거절할 줄 안다고. 퇴직도 했고. 하고 싶은 일만 하겠어. 다른 건 안 해."

헤물렌은 몇 번이고 같은 말을 반복했는데, 할 때마다 말이 점점 더 거칠어졌다. 그러고 나더니 자리에서 일어나 공원을 가로질러 걸어간 다음, 철문을 열고는 수리될 축복을 받은 잔해 더미를 안으로 들이기 시작했다.

아이들은 헤물렌의 공원을 에워싸고 있는 높다랗고도

군데군데 부서진 담장에 앉아 있었다. 잿빛 참새 떼 같아 보였지만 입은 꾹 다물고 있었다.

속삭이는 아이도 더러 있었다.

"아저씨가 지금 뭘 하고 있어?"

다른 아이가 말했다.

"쉿, 말하기 싫어하셔."

헤물렌은 등불과 종이 장미를 나무에 매달며 망가진 쪽은 나무줄기 쪽으로 돌려놓았다. 이제 헤물렌은 한때 회전목마였던 무언가를 고치고 있었다. 그나마 절반밖에 없는 물건들은 딱 들어맞지도 않았다.

화가 난 헤물렌이 소리쳤다.

"아무짝에도 소용없는 일이라고! 이걸 좀 봐! 죄다 쓰레기나 고물뿐이잖아! 집어치워! 너희는 도울 일도 없으니까 이쪽으로 오지 마!"

담장 꼭대기가 안타까움과 격려가 섞인 소리로 술렁거렸지만, 아무도 말은 하지 않았다.

이제 헤물렌은 회전목마의 잔해로 집을 지어 보기로 했다. 풀밭에는 목마를 늘어놓았고 개울에는 백조를 늘어놓았으며, 나머지 잔해를 거꾸로 뒤집어 보기도 하며 머리털이 쭈뼛 설 만큼 일했다.

헤물렌이 씁쓸한 마음으로 생각했다.

'인형의 집도! 외딴 오두막도! 죄다 쓰레기 더미 위에 있는 겉만 그럴싸한 물건밖에 되지 않을 테고, 내 평생 그래 왔듯이 싸우고 소리 지르겠지…….'

그러더니 헤물렌은 고개를 들고 소리를 질렀다.

"거기 앉아서 지켜보지 마! 가서 우리 친척들한테 내일 내 저녁밥은 필요 없다고 전해! 대신 못이랑 망치랑 양초랑 밧줄이랑 두께 2인치짜리 판자나 빨리 보내 달라고 하고!"

아이들은 신이 나서 웃으며 달려갔다.

친척들은 서로 등을 두드리며 소리쳤다.

"우리가 뭐랬나. 지루해할 줄 알았지. 그 딱한 것이 놀이동산을 그리워하나 봐!"

그래서 친척들은 헤물렌이 부탁했던 물건을 갑절로 더 보냈고, 일주일치 식량과 10미터짜리 빨간 벨벳과 금종이 두루마리와 은종이 두루마리도 보냈고, 혹시 몰라 손풍금도 보냈다.

헤물렌이 말했다.

"안 돼. 음악이 나오는 물건은 여기 들이지 마. 시끄러운 건 아무것도 안 된다고!"

문밖에서 손풍금을 들고 서 있던 아이들이 고분고분 말했다.

"당연히 안 되죠."

헤물렌은 집을 짓고 또 지었다. 그사이, 자기도 모르게 일이 재미있다는 생각이 들기 시작했다. 나무에 매달린 수천 개나 되는 거울 조각은 바람에 흔들리며 반짝거렸다. 나무 꼭대기에는 헤물렌이 다른 이들의 눈에 띄지 않고 주스를 마시거나 눈을 붙일 수 있는 작은 의자와 아늑한 잠자리를 만들어 놓았다. 튼튼한 나뭇가지에는 그네를 매달았다.

롤러코스터는 제대로 고칠 수가 없었다. 큰비가 선로를 휩쓸어간 탓에 길이가 3분의 1 정도로 짧아졌다. 하지만 헤물렌은 이제 롤러코스터에서 무서워 소리 지를 일이 없겠다고 생각하며 자신을 위로했다. 게다가 내려오는 선로 부분이 개울로 들어가서 다들 재미있어하기도 했다.

헤물렌이 숨을 몰아쉬며 낑낑댔다. 한쪽 선로를 들면 다른 쪽 선로가 내려앉는 바람에 헤물렌은 화가 나서 소리를 질렀다.

"누가 와서 좀 도와주렴! 한 번에 열 가지 일을 할 수는 없다고!"

냉큼 담장에서 뛰어내린 아이들이 일하러 달려들었다.

그 뒤로 헤물렌과 아이들은 줄곧 함께 놀이동산을 지었고 친척들은 아이들이 하루 내내 공원에 머물 수 있을 만큼 먹을 것을 많이 보내 주었다.

아이들은 저녁이면 집으로 돌아갔지만, 동틀 녘이면 문밖에 서서 기다리고 있었다. 어느 날 아침, 아이들이 악어를 줄에 묶어 데려왔다.

헤물렌이 미심쩍게 물었다.

"악어가 조용히 있을까?"

훔퍼가 말했다.

"그럼요. 입도 벙긋하지 않을걸요. 다른 머리 두 개가 떨어져 나가서 기분도 좋으니까 얌전히 있을 수 있어요."

어느 날은 필리용크의 아들이 타일 벽난로에서 왕뱀 한 마리를 찾아냈다. 왕뱀이 유순해서 아이들은 곧장 할머니의 공원으로 데려왔다.

온 동네 이웃들이 헤물렌의 놀이동산에 신기한 물건이나 별다를 것 없는 과자, 냄비, 커튼, 캐러멜 또는 생각나는 대로 뭐든 모아 보내 주었다. 아침마다 아이들 편에 선물을 챙겨 보내 주느라 온 동네가 떠들썩했고, 헤물렌은 시끄러운 소리만 나지 않으면 뭐든 받았다.

하지만 아이들 말고 아무도 공원에 들어가지 못했다.

공원은 점점 더 환상적으로 변해 갔다. 공원 한가운데에는 헤물렌이 사는 알록달록한 회전목마 집도 기우뚱하게 서 있었는데, 꼭 거대한 캐러멜 봉지가 구겨져 풀밭에 내던져진 듯한 모양새였다.

집 안에는 열매 달린 장미 덤불이 고스란히 자라고 있었다.

시간이 흘러 맑고 포근한 어느 날 저녁, 모든 일이 마무리되었다. 일이 하나도 남김없이 모두 끝나자 헤물렌은 잠깐 시원섭섭한 마음이 들었다.

헤물렌과 아이들은 등불을 밝히고 서서 손수 만든 작품을 바라보았다.

크고 울창한 나무마다 거울 조각과 은종이와 금종이가 반짝거렸고, 공원은 준비를 모두 끝내고 아이들을 기다리고 있었다. 연못, 배, 터널, 롤러코스터, 주스를 마실 수 있는 탁자, 그네, 다트 놀이터, 나무 타기를 할 수 있는 나무, 사과나무…….

헤물렌이 말했다.

"이제 가서 놀아 보려무나. 여기는 놀이공원이 아니라 침묵의 공원이라는 사실을 잊지 말고."

아이들은 아무 소리도 내지 않고 모두 함께 만든 마법

의 세상 속으로 뛰어들었다. 하지만 훔퍼는 돌아서서 헤물렌에게 물었다.

"입장권에 구멍 뚫지 못하는데 슬프지 않아요?"

헤물렌이 말했다.

"괜찮아. 어쨌든 구멍 뚫는 시늉은 할 거란다."

헤물렌은 회전목마 집으로 들어가 '놀라운 집'에서 가져온 달 모양 등불을 켰다. 그런 다음 필리용크가 보내 준 해먹에 누워 천장 구멍으로 보이는 별을 바라보았다.

바깥은 고요했다. 개울물 소리와 밤바람 소리만 들렸다.

헤물렌은 갑자기 불안해졌다. 자리에서 일어난 헤물렌이 가만히 귀를 기울여 보았다. 아무 소리도 들리지 않았다.

헤물렌이 걱정스럽게 생각했다.

'아이들이 재미없어하면 어쩌나. 목이 쉬어라 소리를 지르지 않으면 재미없을지도 몰라……. 집에 가 버렸을지도 모르겠군!'

헤물렌은 개프지의 서랍장에 올라가 천장 구멍으로 고개를 내밀었다. 아이들은 그대로 있었다. 공원은 온통 비밀스럽고도 행복한 생기가 넘쳐흘렀다. 첨벙첨벙 물 튀기는 소리, 키득키득 웃는 소리, 콩콩 두드리는 소리와 들썽거리는 걸음으로 살금살금 걷는 소리로 가득했다. 아이들은 재미있게 놀고 있었다.

헤물렌은 생각했다.

'내일은 말해 줘야겠군. 웃어도 되고 기분이 내키면 콧노래도 좀 불러도 된다고 아이들한테 말해 줘야지. 그 이상은 안 되지만. 그 이상은 안 되고말고.'

헤물렌은 서랍장에서 내려와 다시 해먹에 누웠다. 그리고 오래지 않아 아무 걱정 없이 곯아떨어졌다.

잠긴 철문 바깥에서는 헤물렌의 삼촌이 안을 들여다보고 서 있었다.

삼촌은 생각했다.

'아이들이 저 안에서 신이 나서 노는 소리가 들리질 않는군. 잘하는 일 말고 다른 일을 하면 재미가 없긴 하지. 불쌍한 우리 조카는 좀 괴짜고 말이야.'

음악을 사랑하는 삼촌은 손풍금을 가지고 다시 집으로 돌아갔다.

# 여섯 번째 이야기

# 보이지 않는 아이

비 내리던 어느 어두운 저녁에 무민 가족이 베란다 탁자에 둘러앉아 버섯을 다듬고 있었다. 신문지로 뒤덮인 탁자 한가운데에는 호롱불이 불을 밝히고 서 있었다. 하지만 베란다 구석은 그림자에 잠겼다.

무민파파가 말했다.

"미이가 또 밤색젖버섯을 따 왔군요. 작년에는 광대버섯을 따 왔더랬지요."

무민마마가 말했다.

"내년에는 꾀꼬리버섯을 따 올지도 모르니까 기대해 봐

요. 하다못해 포도주색무당버섯이라도 따 오든지요."

"희망이라도 품고 사는 편이 낫겠죠."

이렇게 말한 미이는 혼자 낄낄거렸다.

모두 조용히 평화롭게 계속 버섯을 다듬었다.

그때 갑자기 창유리를 가볍게 두드리는 소리가 몇 번 들리더니 기다리지도 않고 투티키가 들어와서는 젖은 비옷을 탈탈 흔들어 털었다. 그러더니 문을 열고 빗속에 대고 소리쳤다.

"들어와, 들어와."

무민이 물었다.

"누굴 데려왔어?"

투티키가 말했다.

"닌니를 데려왔어. 저 애 이름이 닌니야."

투티키는 문을 연 채 기다렸다. 하지만 아무도 들어오지 않았다.

투티키가 어깨를 으쓱하며 말했다.

"뭐, 부끄러우면 밖에 있어도 돼."

무민마마가 물었다.

"비에 젖지 않겠니?"

투티키가 탁자로 다가와 앉으며 말했다.

"보이지도 않는데 그게 무슨 소용인지 잘 모르겠어요."

무민 가족은 버섯을 다듬다 말고 설명을 기다렸다.

"다들 알겠지만 너무 자주 겁먹으면 잘 보이지 않게 되잖아요."

이렇게 말한 투티키는 예쁜 눈덩이를 닮은 조막만 한 먼지버섯 하나를 먹어 치웠다.

"그래요. 아이를 좋아하지 않는 아주머니가 잘못 돌봐주는 바람에 닌니가 겁먹었어요. 제가 그 아주머니를 만나봤는데 정말 끔찍하더라고요. 괄괄한 성격이라면 차라리 이해하겠지만, 왜 그런 거 있잖아요. 그 아주머니는 쌀쌀맞게 빈정거리더라고요."

무민이 말했다.

"빈정거린다고?"

투티키가 말했다.

"음, 네가 끈적이는 버섯을 밟고 넘어져서 다듬어 놓은 버섯 한가운데에 주저앉았다고 상상해 봐. 엄마라면 당연히 화를 내겠지. 하지만 그 아주머니는 그렇지 않아. 대신 쌀쌀맞게 빈정대며 말하지. "네가 그렇게 춤추고 싶어 한다면 어쩔 수 없다만, 음식에 대고 그러지 않으면 고맙겠다." 하는 식으로."

무민이 말했다.

"어휴, 진짜 기분 나쁘네."

투티키가 맞장구쳤다.

"맞아. 왜 아니겠어. 그 아주머니가 딱 그랬다니까. 아침부터 저녁까지 그렇게 빈정거리기만 하니까 결국 아이가 점점 옅어지더니 보이지 않게 되기 시작했어. 지난 금요일에는 완전히 보이지 않게 되었고. 그 아주머니가 눈에 보이지도 않는 친척은 돌볼 수가 없다면서 나한테 닌니를 맡겼어."

미이가 눈을 부릅뜨고 물었다.

"그래서 그 아주머니를 어떻게 했어? 혼쭐을 내 주기라도 했어?"

투티키가 말했다.

"그렇게 빈정거리는 이들한테는 소용없는 일이야. 나는 닌니를 집으로 데려왔어. 그리고 지금은 닌니를 다시 보이게 해 달라고 너희 가족한테 데려왔고."

한동안 아무도 움직이지 않았다.

빗줄기만 베란다 지붕을 타닥타닥 두드렸다. 가족들 모두 투티키를 바라보며 생각에 잠겼다.

무민파파가 물었다.

"닌니가 말은 하니?"

"아니요. 하지만 닌니가 어디 있는지 확인하려고 친척 아주머니가 목에 매달아 놓은 작은 종이 있어요."

투티키가 일어나서 다시 문을 열었다.

투티키는 어둠에 대고 소리쳤다.

"닌니!"

서늘하다 못해 싸늘한 가을바람이 베란다로 훅 끼쳐 들었고 젖은 풀밭 위로 네모꼴 불빛 한 줄기가 나타났다. 잠시 뒤, 머뭇머뭇 조심스레 울리기 시작한 작은 종소리가 계단에 올라와 멎었다. 둥글게 묶인 까만 리본에 은방울이 달린 채 허공에 둥둥 떠 있었다. 닌니의 목은 무척 가

늘지도 몰랐다.

투티키가 말했다.

"자, 이제 이쪽이 네 새 가족들이야. 가끔 아주 조금 우스꽝스럽게 굴지만 꽤 좋은 가족이지."

무민파파가 말했다.

"의자를 하나 내주자꾸나. 닌니는 버섯을 다듬을 줄 아니?"

투티키가 잘라 말했다.

"전 닌니를 잘 몰라요. 여기 데려왔을 뿐이에요. 저는 다른 볼일이 있거든요. 언제 하루 들르셔서 어떻게 되어 가는지만 이야기해 주세요. 그럼 안녕히 계세요."

투티키가 가고 난 뒤, 무민 가족은 쥐 죽은 듯 앉아서 텅 빈 의자와 은방울만 바라보았다. 이윽고 꾀꼬리버섯 하나가 천천히 떠올랐다. 보이지 않는 두 손이 바늘처럼 뾰족한 잎과 흙을 털어냈고 버섯을 잘게 찢더니 마침내 광주리에 담았다. 새 버섯 하나가 둥둥 떠올랐다.

깜짝 놀란 미이가 말했다.

"흥미진진한데! 먹을 것 좀 줘 봐. 음식이 배 속으로 들어가는 모습이 보이나 궁금해."

무민파파가 걱정스럽게 소리쳤다.

"닌니를 어떻게 해야 다시 보이게 할 수 있을지 알겠어요? 의사한테 가 봐야 할까요?”

무민마마가 말했다.

“그럴 필요는 없지 않을까요. 닌니가 잠깐 아무한테도 모습을 보이고 싶지 않은지도 몰라요. 수줍음을 많이 탄다고 투티키가 그랬잖아요. 더 나은 방법이 생각날 때까지 가만히 두는 편이 낫겠어요.”

그래서 그렇게 했다.

무민마마는 마침 비어 있던 동쪽 다락방에 닌니의 잠자리를 마련해 주었다. 은방울이 딸랑거리며 자신을 따라 계단을 오르는 모습을 보자, 무민마마는 한때 잠깐 함께 살았던 고양이가 떠올랐다. 무민마마가 다락방 침대 머리맡에 저녁마다 가족들에게 나누어 주는 사과 한 알과 주스 한 잔, 줄무늬 캐러멜 세 개를 나란히 놓아 주었다. 그런 다음 촛불을 켜며 말했다.

“닌니, 이제 자려무나. 늦잠 자도 괜찮단다. 아침 커피는 식지 않게 보온 덮개 아래에 놓아둘게. 혹시 무섭거나 뭐가 필요하면 내려와서 방울 소리만 내렴.”

무민마마는 이불이 저절로 떠올랐다가 작은 언덕 모양으로 봉긋하게 가라앉는 광경을 지켜보았다. 그와 동시에 베개는 움푹 패었다. 무민마마는 다락방에서 내려와 외할머니가 ‘틀림없는 민간요법’이라고 적어 놓은 오래된 비망

록을 들추었다.

"사악해진 눈. 우울증 치료법. 감기. 아니야."

무민마마는 비망록을 넘기며 계속 찾았다. 마침내 비망록 끝자락에서 외할머니가 이미 손을 꽤 떨 때쯤 써 놓은 글을 찾아냈다.

"누가 희미해져 보기 어려워졌을 때. 그래, 다행이야."

무민마마는 제법 복잡한 처방을 읽어 내려갔다. 그런

다음, 어린 닌니를 위해 민간요법으로 약을 조제하기 시작했다.

종은 딸랑거리며 한 걸음에 한 계단씩 내려왔고, 한 발짝 내딛는 사이사이 잠깐씩 멈추었다. 무민은 아침이 다 가도록 기다렸다. 하지만 오늘 가장 흥미진진한 모습은 닌니의 은방울이 아니었다. 닌니의 두 발이었다. 무척 작고 가지런한 발가락이 서로 딱 붙어 있는 닌니의 두 발이 계단 아래로 걸음을 옮기고 있었다. 두 발만 보이는 광경은 소름 끼쳤다.

무민은 베란다로 나가는 닌니의 두 발을 마법에 홀린 듯이 뚫어지게 바라보며 벽난로 뒤에 숨어 있었다. 이제 닌니가 커피를 마셨다. 커피 잔이 떠올랐다가 내려갔다. 마멀레이드를 바른 샌드위치도 먹었다. 커피 잔은 혼자 부엌으로 들어가 설거지한 다음 찬장에 놓였다. 닌니는 정리정돈을 무척 잘하는 아이였다.

무민이 정원으로 뛰어나가 소리쳤다.

"엄마! 닌니가 발이 생겼어요! 발이 보여요!"

무민마마는 사과나무 위에서 생각했다.

'그럴 줄 알았어. 외할머니의 약은 틀림없지, 암. 닌니의 커피에 약을 탈 생각을 하다니, 나도 참 기발해.'

무민파파가 말했다.

"정말 잘됐군요. 닌니의 얼굴이 보이면 훨씬 더 좋겠어요. 이야기를 나눌 때 보이지 않으면 아무래도 기분이 안 나요. 대답도 못 듣고."

무민마마가 주의를 주었다.

"쉿."

닌니의 두 발이 사과가 떨어져 있는 풀밭에 서 있었다.

미이가 소리쳤다.

"닌니, 안녕. 돼지처럼 늘어지게 잤구나. 얼굴은 언제 보여 줄래? 얼굴이 못생겨서 보이지 않게 했나 보지."

무민이 작게 속삭였다.

"입 다물어. 상처받잖아."

그러고는 호들갑을 떨며 닌니에게 다가가 말했다.

"미이는 신경 쓰지 마. 매정한 애거든. 우리 집에 있으면

위험할 일은 없어. 그 끔찍한 아주머니가 생각날 새도 없을걸. 그 아주머니가 널 데려가러 올 수도 없고……."

바로 그 순간, 풀밭에 서 있던 닌니의 두 발이 가까스로 보일 만큼 흐릿해졌다.

무민마마가 화가 나서 말했다.

"무민, 왜 그렇게 어리석게 구니. 저 아이에게 그 일을 떠올리게 하면 안 되는 줄은 알았어야지. 쓸데없는 말은 그만하고 사과 따렴."

가족들 모두 사과를 땄다.

닌니의 두 다리가 점점 다시 또렷해지더니 나무에 올라갔다.

아름다운 가을 아침이었고, 그늘에 있으면 코끝이 조금 시리기도 했지만, 햇볕 아래에 있으면 여름 같았다. 밤새 내린 비에 젖어든 주위가 온통 뚜렷하게 빛났다. 사과를 다 따고 (혹은 나무를 흔들어 떨어뜨리고) 나자, 무민파파가 가장 커다란 사과 분쇄기를 꺼내 왔고 모두 함께 사과를 으깨기 시작했다.

무민은 분쇄기 손잡이를 돌렸고 무민마마는 분쇄기에 사과를 채워 넣었으며 무민파파는 잼 단지를 들어 베란다로 옮겼다. 미이는 나무에 앉아 〈커다란 사과 노래〉를 불렀다.

갑자기 쨍그랑 소리가 났다.

뾰족한 유리 조각이 덕지덕지 박힌 잼 더미가 정원 한가운데에 떨어져 있었다. 그 옆으로는 닌니의 두 발이 창백하게 사라지고 있었다.

무민마마가 말했다.

"아, 우리가 뒤영벌한테 주는 단지가 거기 있었구나. 이제 저 단지를 벌판까지 들고 내려가지 않아도 되겠는걸. 게다가 땅에서 뭐든 수확하려면 가을 자락에 땅한테 선물을 줘야 한다고 외할머니께서 입버릇처럼 말씀하셨단다."

닌니의 두 발이 다시 보이기 시작했고, 그 위로 가느다란 두 다리도 나타났다. 다리 위로 갈색 치맛단도 어렴풋이 보였다.

무민이 소리쳤다.

"닌니 다리가 보여요!"

미이가 사과나무에서 내려다보며 말했다.

"축하할 만한 일이군. 점점 나아지고 있어. 하지만 왜 그렇게 칙칙한 갈색 옷을 입고 다니는지는 그로크나 알겠네."

무민마마는 혼자 고개를 주억거리며 외할머니의 현명함과 신통한 민간요법을 되새겼다.

닌니는 하루 내내 무민 가족을 따라 살금살금 걸어 다녔다. 가족들 모두 자기 뒤를 졸졸 따라다니는 방울 소리에 익숙해졌고, 닌니가 이상하다는 생각도 더는 하지 않았다.

저녁 즈음에는 다들 닌니가 있다는 사실조차 잊어버릴 정도였다. 하지만 모두 잠자리에 들었을 때, 무민마마는 서랍에서 장밋빛 숄을 하나 꺼내 작은 드레스를 만들었다. 완성된 드레스를 들고 무민마마는 불이 꺼진 동쪽 다락방으로 올라가 조심스럽게 의자에 펼쳤다. 그런 다음, 남은 천으로는 폭이 넓은 머리띠를 만들었다.

무민마마는 무척 재미있었다. 꼭 인형 옷을 다시 만드는 기분이었다. 가장 재미있는 점을 꼽으라면, 인형 머리가 노랑인지 검정인지 알 수가 없다는 점이었다.

다음 날 아침, 닌니가 새 옷을 입었다. 닌니는 목까지 보였고 아침 커피를 마시는 자리에 내려와 무릎을 굽히고 인사하며 가는 목소리로 말했다.

"정말 고맙습니다."

무민 가족은 어찌나 당황했던지 말을 잊어 난처할 정도였다. 더구나 닌니와 이야기를 나눌 때 어디를 보아야 할지도 당최 알 수가 없었다. 물론 닌니의 눈이 있는 자리일 법한 방울의 조금 위쪽에 눈길을 두려 노력했다. 하지만 눈길은 자기도 모르는 사이에 아래로 미끄러져 내려가 뭐든 보이는 쪽으로 향하곤 했다. 하지만 그러면 예의가 아니라는 느낌이 들었다.

무민파파가 헛기침을 하더니 운을 떼었다.

"보기 좋구나. 오늘 꼬마 닌니가 더 많이 보이다니. 많이 보이면 보일수록 좋은 일이지……."

미이는 깔깔대며 숟가락으로 탁자를 두드려 댔다.

미이가 말했다.

"네가 말을 시작하다니 잘됐어. 너한테 이야깃거리가 있다면 말이지만. 할 줄 아는 괜찮은 놀이라도 있어?"

닌니가 가는 목소리로 말했다.

"아니. 그런 게 있다고 듣긴 했지만."

무민은 까무러치게 놀라고 말았다. 그래서 아는 놀이를 닌니에게 모조리 가르쳐 주기로 마음먹었다.

커피를 마시고 나서 무민과 미이와 닌니는 강으로 내려

가 놀이를 시작했다. 하지만 닌니가 놀이에 소질이 없다는 사실만 알게 되었다. 닌니는 무릎을 굽혀 몸을 낮추고 고개를 까딱하며 인사하고 진지하게 "좋아. 정말 재미있어. 물론이지."라고 말했지만, 재미있어서가 아니라 예의상 놀이를 했다는 느낌을 떨칠 수가 없었다.

미이가 소리쳤다.

"어휴, 그다음에 뛰라고! 높이뛰기도 못하다니!"

닌니의 가느다란 두 다리가 고분고분 달리고 높이뛰기를 했다. 그런 다음 두 팔을 축 늘어뜨리고 다시 가만히 서 있었다. 방울이 둘러진 텅 빈 목둘레가 기운 없어 보였다.

미이가 소리를 질렀다.

"칭찬해 달라는 거야, 뭐야? 힘이 하나도 없나 보지! 혼쭐이 나고 싶은 거야, 뭐야?"

닌니가 가는 목소리로 얌전히 말했다.

"그러지 않았으면 좋겠어."

무민이 실망해서 중얼거렸다.

"닌니가 놀 줄 모르다니."

미이가 말했다.

"재는 화낼 줄도 몰라. 닌니는 그게 문제야. 이봐."

미이가 닌니를 잡아먹을 듯이 쳐다보며 아주 가까이까지 바짝 다가가더니 말을 이었다.

"넌 싸울 줄 알게 되기 전까지는 절대로 얼굴이 보이지 않을걸. 내가 장담하지."

"그렇구나."

닌니는 고개를 끄덕이며 조심스럽게 뒷걸음질을 쳤다.

더 나아지지 않았다.

결국 무민과 미이는 닌니에게 놀이를 가르쳐 주지 않기로 했다. 닌니는 재미있는 이야기도 좋아하지 않았다. 제때에 웃을 줄을 몰랐다. 제대로 웃은 적도 없었다. 그런

닌니의 모습은 이야기하는 이를 맥이 풀리게 만들었다. 그래서 닌니는 혼자 있게 되었다.

며칠이 지나도 닌니는 여전히 얼굴이 보이지 않았다. 가족들은 닌니의 장밋빛 드레스가 무민마마의 뒤를 졸졸 따라다니는 모습을 보는 데 익숙해졌다. 무민마마가 걸음을 멈추자마자 은방울이 딸랑거리는 소리가 멈추었고, 무민마마가 뒤이어 걸으면 은방울도 다시 소리를 내기 시작했다. 커다란 장밋빛 리본이 드레스 조금 위에 둥둥 떠서 흔들거렸다. 조금 이상한 광경이었다.

무민마마는 외할머니의 민간요법 약을 계속 주었지만, 아무 일도 일어나지 않았다. 그래서 무민마마는 약을 더 주지 않기로 하고는 머리 없이도 잘 살아왔고, 닌니가 특별히 아름답지 않을지도 모른다고 생각했다.

이렇게 가족들은 저마다 닌니의 생김새가 어떨지 상상해 보았는데, 서로 좀 더 친해지려면 가끔은 필요한 방법이었다.

어느 날, 무민 가족은 겨울을 날 준비를 하느라 배를 육지에 끌어올려 놓으려고 숲을 지나 바닷가 모래밭으로 갔다. 닌니는 여느 때처럼 가족들 뒤에서 딸랑거리는 소리를 내며 따라왔지만, 바닷가로 내려갔을 때 갑자기 걸음을 멈추었다. 그러더니 모래밭에 엎드려 낑낑거리며 울기 시작했다.

무민파파가 물었다.

"닌니가 왜 저럴까요? 뭐가 저렇게 무서울까요?"

무민마마가 말했다.

"전에 바다를 한 번도 본 적이 없어서 저럴지도 모르겠어요."

무민마마는 몸을 숙여 속삭이며 닌니와 이야기했다. 그러더니 다시 몸을 펴고 말했다.

"맞아요. 처음이라네요. 바다가 너무 커 보인대요."

"세상에서 가장 바보 같은 어린애잖아."

미이가 이렇게 입을 열었지만, 무민마마가 미이를 엄한 눈초리로 바라보며 말했다.

"남 흉보기 전에 너부터 잘하렴. 이제 배를 끌어올리자꾸나."

모두 부잔교를 건너 투티키가 사는 탈의실로 가서 문을 두드렸다.

투티키가 말했다.

"안녕하세요. 보이지 않는 아이는 어떻게 지내요?"

무민파파가 대답했다.

"머리만 보이면 된단다. 지금 당장은 어쩔 줄 몰라 하고 있지만 괜찮아지겠지. 잠깐 배를 끌어 올리는 일 좀 도와

줄 수 있을까?"

투티키가 말했다.

"그럼요."

배를 끌어올려 용골을 위로 향하게 뒤집어 놓았을 때, 닌니가 물가로 살금살금 걸어가더니 젖은 모래 위에 우뚝 서서 꼼짝도 하지 않았다. 무민 가족은 닌니를 가만히 내버려두었다.

무민마마가 부잔교에 앉아 바다를 내려다보며 말했다.

"어머, 물이 어쩜 이렇게 차디차 보일까."

그러더니 살짝 하품을 하고 나서 흥미진진한 일이 일어난 지 너무 오래되었다고 덧붙여 말했다.

무민파파가 무민에게 눈짓을 보낸 다음, 얼굴을 무시무시해 보이도록 찌푸리고 무민마마의 뒤로 천천히 살금살금 다가가기 시작했다.

말할 필요도 없지만, 무민파파는 젊었을 때처럼 무민마마를 바다에 빠뜨릴 생각은 없었다. 놀라게 할 마음조차 없었고 그저 아이들을 잠깐 재미있게 해 주려던 생각뿐이었으리라.

하지만 무민파파가 미처 가 닿기도 전에 울부짖는 소리가 들리더니 빨간빛이 번쩍거리며 부잔교 위로 날아오는 바람에 무민파파는 정신이 나간 듯 소리를 지르며 모자를 바다에 빠뜨리고 말았다. 닌니는 보이지 않는 조그마한 이로 무민파파의 꼬리를 깨물어 버렸는데, 닌니의 이는 날카로웠다.

미이가 소리쳤다.

"잘한다, 잘해! 나도 그렇게는 못 할 텐데!"

조그마한 들창코에 빨간 앞머리가 나 있는 화난 얼굴로 닌니가 부잔교에 서 있었다. 닌니는 무민파파에게 고양이처럼 카악 소리를 내며 고함쳤다.

"아저씨가 저 크고 무서운 바다에 감히 아주머니를 빠뜨리려고 했어요!"

무민이 소리쳤다.

"닌니가 보여요, 보인다고요! 귀여워요!"

무민파파가 물린 꼬리를 보며 말했다.

"나름대로 귀엽구나. 얼굴이 있든지 없든지 간에 내가

본 중에 가장 어리석고 가장 우스꽝스럽고 가장 잘못 보살핌 받은 아이야."

무민파파는 부잔교에 엎드려 지팡이로 모자를 건져 올리려고 했다. 그런데 어찌 된 일인지 무민파파가 미끄러져 물속으로 곤두박질치고 말았다.

바로 올라온 무민파파는 물 위로 고개를 내밀며 바닥에 발을 딛고 섰는데, 두 귀가 진흙으로 가득 차 있었다.

닌니가 소리쳤다.

"와! 진짜 재미있네! 아니, 진짜 신기해!"

그리고 부잔교가 흔들릴 만큼 깔깔대며 웃기 시작했다.

깜짝 놀란 투티키가 말했다.

"닌니는 한 번도 웃은 적이 없었어요. 무민 가족이 재를 미이보다 더 고약하게 바꿔 놓았네요. 닌니가 보인다는 점이 중요하기는 하지만요."

무민마마가 말했다.

"이게 다 외할머니 덕분이란다."

## 일곱 번째 이야기

## 해티패티들의 비밀

오래전, 무민파파가 아무 설명도 없이 그리고 왜 떠나야 하는지 자신도 이해하지 못한 채 홀연히 집을 떠나 버렸을 때였다.

한참 뒤에 무민마마는 무민파파가 한참 전부터 이상하게 굴었다고 말했지만, 사실 무민파파가 여느 때보다 더 이상하게 굴지는 않았을지도 몰랐다. 당혹스럽고 슬픈 나머지 마음을 달래야 할 때 나중에야 지어내는 핑계 같은 말일 뿐이었다.

무민파파가 언제 떠났는지 아무도 정확히 알지 못했다.

스너프킨은 무민파파가 헤물렌과 함께 어망을 치려고 했다고 말했지만, 헤물렌은 여느 때처럼 베란다에 앉아 있기만 하던 무민파파가 갑자기 덥고 조금 따분하다고 그리고 부잔교를 고쳐야 한다는 말을 했다고 이야기했다. 어쨌거나 부잔교는 무민파파가 손보지 않아서 삐딱한 상태 그대로였다. 배도 여전히 그 자리에 있었다.

어디로 떠났든 무민파파는 걸어갔지, 배를 타지는 않았다. 그리고 물론 어느 방향으로도 갈 수 있었으며, 어느 방향이든 똑같이 멀었다. 그러니 무민파파를 찾는 일은 의미가 없었다.

무민마마가 말했다.

"아빠는 때가 되면 돌아오게 되어 있단다. 처음부터 그렇게 말했고 번번이 돌아왔으니, 이번에도 그렇겠지."

다행히도 누구 하나 걱정하지 않았다. 모두 절대로 서로를 걱정하지 않기로 하면서 떳떳하게 자유를 누릴 기회가 더 많아졌다.

그래서 무민마마는 더 소란 피우지 않고 새로 뜨개질을 시작했고, 무민파파는 머릿속에 어렴풋한 생각을 떠올린 채 서쪽 어딘가를 향해 끊임없이 걸었다.

머릿속 생각은 무민파파가 나들이 때 딱 한 번 보았던 곶과 연관이 있었다. 곶은 바다 쪽으로 삐죽이 나와 있었고, 하늘은 노란빛으로 물들어 가는 저녁 무렵이었으며, 바람이 거세어지고 있었다. 무민파파는 그 너머로 간 적도, 무엇이 있는지 본 적도 없었다. 가족들은 집으로 돌아가 차를 마시고 싶어 했다. 가족들은 늘 엉뚱한 곳에서 돌아가려고 했다. 하지만 무민파파는 바닷가에 버티고 서서 바다를 바라보았다. 그런데 바로 그때, 사다리꼴 돛을 매단 하얀색 작은 배들이 육지에서 줄지어 내려오더니 바다

위를 스치듯 곧장 나아갔다.

"해티패티들이네."

헤물렌은 이렇게 말했고, 두 말할 것도 없었다. 조금은 업신여기면서도 조금은 경계하며, 받아들이지 않겠다는 의미였다. 해티패티들은 세상과 거리를 두었고, 어느 정도는 위험하고, 별난 존재들이었다.

그리고 그때 무민파파는 동경과 비애에 사로잡혀 참을 수가 없었고, 베란다에서 차나 마시고 있을 수는 없다는 생각뿐이었다. 그날 저녁이든 다른 날 저녁이든.

오래전 일이었지만, 잔상은 사라지지 않았다. 그 뒤 무민파파는 어느 아름다운 오후에 길을 나섰다.

무더위 속에서 무민파파는 정처 없이 걸었다.

무민파파는 무엇 하나 생각할 용기도, 어루더듬을 용기도 내지 못한 채 모자 밑으로 노을을 물끄러미 바라보며 걷기만 했고, 슬쩍 휘파람을 불기도 했지만 특별한 노랫가락은 아니었다. 오르락내리락하는 언덕을 따라 걷는 내내 나무는 무민파파를 스쳐 지나갔고 그림자는 점점 더 길어졌다.

태양이 바다에 잠기는 바로 그 순간, 무민파파는 길도 나 있지 않고 누구 하나 소풍 올 생각도 하지 않는 넓은 바닷가 자갈밭에 도착했다.

무민파파가 한 번도 본 적이 없는, 육지가 끝나고 바다가 시작된다는 점 말고는 정말이지 아무 의미도 찾아볼 수가 없는 처량하고 우중충한 바닷가였다. 무민파파는 파도치는 곳까지 걸어 내려가 바다를 바라보았다.

그리고 당연하게도 작고 하얀 배 한 척이 —어떻게 다른 일일 수 있겠는가— 불어오는 바람을 타고 천천히 육지를 따라 내려오고 있었다.

“저기 있군.”

침착하게 말한 무민파파가 손짓을 하기 시작했다.

배에 탄 해티패티들은 셋뿐이었는데, 타고 있는 배와 돛만큼이나 새하얬다. 하나는 앉아서 배를 몰고 있었고, 둘은 돛대에 몸을 기대고 있었다. 셋 다 바다를 뚫어지게 바라보는 모습이 꼭 말다툼이라도 한 듯했다. 하지만 무민파파가 듣기로 해티패티들은 다투는 법이 없고, 과묵하기 그지없으며, 다른 아무것도 흥미가 없고 멀리 가고 싶어 하는 마음뿐이라고 했다. 수평선 또는 그와 비슷한 세상의 끝에 닿을 때까지. 적어도 통설은 그랬다. 나아가, 해티패티는 자기 말고는 아무도 신경 쓰지 않고, 폭풍우가 치면 몸에 전기가 흐른다는 말도 있었다. 거실이나 베란다에서 날마다 같은 시간에 같은 일을 하며 살아가는 이에게는 해티패티가 유독 더 위험하다는 말까지 있었다.

기억나는 이야기 모두 무민파파에게는 흥미로웠지만, 해티패티 이야기는 에둘러 할 수밖에 없었기 때문에 실제로는 어떤지 알 길이 없었다.

이제 무민파파는 바짝 긴장해서 꼬리 끝까지 전율을 느끼며 배가 점점 더 가까이 다가오는 광경을 잠자코 지켜보고 있었다. 해티패티들은 무민파파에게 손짓은 하지 않았지만 —어떻게 해티패티가 손짓처럼 일상적인 행동을 할 수 있겠는가— 무민파파를 데리러 왔다는 사실은 틀림없었다. 배가 끽끽거리며 천천히 자갈밭 위로 올라오더니 조용해졌다.

해티패티들은 동그랗고 창백한 눈을 무민파파 쪽으로 돌렸다. 무민파파는 모자를 벗고 설명하기 시작했다. 무민파파가 말하는 동안 해티패티들은 무민파파의 말에 박자를 맞추며 손을 흔들었고, 무민파파는 그 모습에 어안이 벙벙해져서 수평선과 베란다와 자유 그리고 내키지 않을 때 차를 마셔야 하는 상황을 설명하려던 긴 문장이 뒤죽박죽이 되어 버렸다. 결국, 겸연쩍어진 무민파파가 입을 다물자 해티패티들도 손짓을 멈추었다.

무민파파는 초조하게 생각했다.

'왜 아무 말도 하지 않지? 내 말을 못 듣나, 아니면 내가 우스꽝스러워 보이나?'

무민파파가 한 손을 내밀고 다정하게 질문하듯 소리를 내 보았지만, 해티패티들은 꿈쩍도 하지 않았다. 눈만 하늘빛으로 점점 노래졌다.

그러자 무민파파는 손을 거두고 열없게 고개 숙여 인사했다.

해티패티들도 갑자기 벌떡 일어나더니 허리를 굽히며 인사했는데, 셋이 동시에 움직였고 무척 정중했다.

무민파파가 말했다.

"고맙습니다."

무민파파는 더는 설명하지 않고 배에 올라타 바다로 나갔다. 이제 하늘은 오래전 나들이 때처럼 샛노랗게 물들었다. 배가 천천히 바다로 나아가기 시작했다.

무민파파가 그토록 평온하고 오롯한 행복을 느끼기는 처음이었다. 자기 자신에게든 다른 이들에게든 어떤 말도 아무 설명도 할 필요가 없어 흡족하기 그지없었다. 가만히 앉아서 수평선을 바라보며 배 밑에서 출렁이는 파도 소리를 듣기만 하면 되었다.

바닷가가 등 뒤에서 완전히 자취를 감추고 나자, 공처럼 둥글고 노란 보름달이 바다 위로 떠올랐다. 무민파파는 그렇게 커다랗고 쓸쓸한 달은 본 적이 한 번도 없었다. 바다 또한 그렇게 압도적이고 거대하다는 사실을 이제껏 깨달았던 적이 없었다.

갑자기 무민파파는 세상에서 달과 바다와 말 없는 해티패티 셋이 함께 탄 배만이 진짜이고 확실하다는 생각이 들었다.

수평선은 물론이고 이제야 비로소 자유로워진 무민파파를 기다리며 찬란한 모험과 이름 모를 비밀을 간직하고 있는 수평선 너머까지 포함해서.

이제 무민파파는 해티패티처럼 과묵하고 심오해지기로 마음먹었다. 다들 말수 적은 이를 존경하게 마련이었다. 과묵한 이들은 모르는 것 없고 굉장히 흥미진진하게 살았다고 생각하기 때문이었다.

무민파파는 달빛을 받으며 앉아 배를 몰고 있는 해티패티를 물끄러미 바라보았다. 그러자 자신도 다 안다는 뜻으로 다정한 말 몇 마디를 건네고 싶어졌다. 하지만 잠자코 가만히 있었다. 적당한 —다시 말해, 그럴싸한— 말도 떠오르지 않았다.

밈블이 해티패티들은 어떻다고 이야기했던가? 지난봄 어느 날, 저녁 식탁에서였다. 해티패티들이 몹쓸 생활을 한다고 했다. 그러자 무민마마가 말했다.

"어휴, 어떻게 말을 그렇게 하니."

하지만 미이는 무척 흥미로워하면서 그 말이 무슨 뜻인

지 알고 싶어 했다. 아무리 기억을 더듬어 보아도 무민파파는 어떤 행동을 해야 몹쓸 생활을 한다고 할 수 있는지 제대로 설명할 수가 없었다. 대개 난폭하고 자유롭지 않을까 추측만 할 뿐이었다.

무민마마는 몹쓸 생활은 재미있을 리가 없다고 말했지만, 무민파파는 장담할 수가 없었다.

밈블이 딱 잘라 말했다.

"해티패티들은 전기랑 관련이 있어요. 그리고 남들의 생각도 읽을 수 있는데 그건 나쁜 짓이죠."

그 뒤, 가족들은 화제를 다른 곳으로 돌렸다.

무민파파가 얼른 해티패티들을 힐끗거렸다. 해티패티들이 다시 손을 흔들고 있었다. 무민파파는 생각했다.

'세상에. 정말 소름 끼치는군. 설마 저기 앉아서 손으로 내 생각을 읽고 있지는 않겠지. 그럼 지금쯤 마음이 상해서…….'

무민파파는 생각을 몰아내고, 치워 버리고, 해티패티들이 어떤지 들었던 말을 모조리 잊어버리려고 필사적으로 애를 썼지만 마음대로 되지 않았다. 지금 이 순간, 다른 아무것도 무민파파의 관심을 끌지 못했다. 말을 할 수만 있었더라도 떠오르는 생각을 막을 수 있었으련만.

그렇다고 커다랗고 위험한 생각을 밀쳐 두고 보잘것없고

친숙한 뭔가를 생각하며 상황을 모면하는 방법이 더 낫다고도 할 수 없었다. 그러면 해티패티들은 자신들이 무민파파를 잘못 짚었고, 사실 무민파파는 베란다에서 시간을 때우는 평범하기 그지없는 아빠일 뿐이라고 생각할지도 몰랐다…….

무민파파는 바다 위로 솟아오른 작고 까만 섬이 물결 위로 드리운 달그림자만 뚫어지게 바라보았다.

'바다에 섬이 있고, 섬 위로 달이 떠 있고, 달은 바다를 헤엄치고 있다. 섬은 칠흑같이 어둡고 달은 노랗고 바다는 짙푸르다.'

무민파파는 아주 단순한 생각만 되뇌었다. 무민파파가 다시 마음을 가라앉히고 손을 흔들던 해티패티들이 멈출 때까지.

섬은 크기에 비해 높다랬다.

물 위로 울퉁불퉁하고 새까맣게 솟아오른 모양새가 꼭 커다란 바다뱀의 머리처럼 보였다.

무민파파가 흥미롭게 물었다.

"내려 볼까요?"

해티패티들은 아무 대답도 하지 않았다. 정박용 밧줄을 들고 내려 갈라진 바위 틈새에 닻을 고정하기만 했다. 그러더니 무민파파는 아랑곳 않고 섬을 오르기 시작했다.

무민파파는 해티패티들이 바람 냄새를 맡고, 허리를 굽혀 손을 흔들어 대는 광경을 지켜보았는데 틀림없이 그 안에는 무민파파가 끼어들 수 없는 깊은 의도가 숨겨져 있는 듯했다.

마음 상한 무민파파가 배에서 내려 해티패티들의 뒤를 쫓아가며 말했다.

"아니, 다들 내릴 줄 알고 있어도 그렇지, 물어보면 대답 정도는 해 줄 수 있지 않습니까. 짧게 몇 마디만 해 줘도 저한테는 길동무가 있다고 느낄 만큼 큰일인데요."

하지만 들릴락 말락 하는 소리로 혼자 중얼거렸을 뿐이었다.

바위섬은 가파르고 미끄러웠고, 매몰차게도 아무 방해

받지 않고 혼자 있고 싶다는 뜻을 아주 뚜렷하게 드러내고 있었다. 섬에는 꽃도 이끼도 나 있지 않았고, 아무것도 없이 화난 듯 덩그러니 바다에 솟아 있기만 했다.

그때 갑자기 무민파파는 너무 기분 나쁘고 이상한 뭔가를 발견했다. 섬이 빨간 거미들 천지였다. 거미들은 작디작았지만 셀 수 없이 많았고, 검은 바위섬에 빨간 양탄자를 깔아 놓은 듯 우글거리고 있었다.

단 한 마리도 가만히 있지 않고 모두 바삐 움직이는 통에 온 섬이 달빛 아래에서 꿈틀거리는 듯했다.

무민파파는 너무 불쾌해진 나머지 기운이 빠져 버렸다.

무민파파는 까치발을 들고 재빨리 꼬리를 들어 올려 탈탈 턴 다음, 빨간 거미들이 우글거리지 않는 곳이 있는지

주위를 유심히 훑어보았지만 어디에도 그런 자리는 없었다.

무민파파가 중얼거렸다.

"너희를 밟으며 걸어 다니고 싶지는 않아. 아, 야단났군. 뭐 하러 배에서 내렸나 모르겠네……. 이렇게 너무 많으니까, 게다가 다른 종류도 아니고 한 종류로 거미가 이렇게 많으니까 못 봐주겠군……. 생김새도 똑같고……."

무민파파는 맥없이 해티패티들을 눈으로 좇다 바위섬 꼭대기에서 달을 향해 서 있는 윤곽을 보았다. 해티패티 하나가 뭔가를 찾아냈다. 하지만 무엇을 찾았는지는 보이지 않았다.

그게 무엇이든 무민파파에게는 중요하지 않았다. 무민파파는 다시 배로 내려가는 내내 고양이처럼 손을 털어 댔다. 거미들이 몸에 달라붙어 기어오르는 통에 기분이 끔찍했다.

정박용 밧줄 위로 빨갛고 기다랗게 줄지어 기어오른 거미들이 뱃전 주위를 돌아다니기 시작했다.

무민파파는 멀찌감치 떨어진 뱃고물에 앉아 생각했다.

'이건 꿈이야. 잠에서 깨면 무민마마를 깨워서 "여보, 얼마나 끔찍했는지 몰라요. 거미들이 정말 끔찍했어요. 당신은 상상조차 못 할걸요……." 하고 말하겠지. 그러면 무민마마가 "어머, 안쓰럽기도 하지. 하지만 좀 봐요. 여기에

는 한 마리도 없잖아요. 그건 꿈이었어요."라고 대답해 줄 테고……'

해티패티들이 느릿느릿 돌아왔다.

그 순간, 작은 거미들은 잔뜩 겁을 집어먹고 후다닥 몸을 일으키더니 방향을 바꾸어 밧줄을 타고 서둘러 섬으로 내려갔다.

배에 오른 해티패티들이 다시 바다로 나갔다. 해티패티들과 무민파파를 태운 배는 섬이 드리운 검은 그림자에서 미끄러지듯 빠져나와 물결 위로 드리워진 달빛 안으로 들어갔다.

맥이 풀린 무민파파는 소리쳤다.

"다들 돌아와서 다행입니다. 거미들이 어찌나 작던지, 이야기를 나눌 수조차 없을 만큼 작은 녀석들과는 도저히 같이 있을 수가 없었습니다. 뭐 좋은 걸 찾았습니까?"

해티패티들은 아무 말 없이 달빛 같은 노란 눈으로 무민파파를 오래도록 바라보기만 했다.

무민파파는 빨갛게 달아오른 얼굴로 되물었다.

"뭘 찾았는지 물었습니다만. 비밀에 부쳐야 하는 일이라면 그렇게 하십시오. 하지만 적어도 뭘 찾기는 했다는 말 정도는 해 줄 수 있지 않습니까."

해티패티들은 가만히 서서 무민파파를 바라보고만 있

었다. 그러자 무민파파는 머리끝까지 화가 나서 소리를 질렀다.

"거미를 좋아합니까? 그런 게 아니면 싫어합니까? 지금 당장 알아야겠습니다!"

오랜 침묵 속에서 해티패티 하나가 앞으로 나와 두 손을 펼쳤다. 무어라 대답했을지도 몰랐지만, 바람이 물 위에서 속삭였을 뿐일지도 몰랐다.

무민파파가 웅얼거렸다.

"제가 과했습니다. 알아들었습니다."

무민파파는 두 손을 펼친 해티패티가 자신들은 거미들에게 별다른 감정이 없다는 뜻을 설명하려 했다고 생각했다. 아니면 도와주지 못해서 안타깝다거나. 해티패티와 무민파파가 서로 이해할 수도 없고 이야기도 나눌 수 없다는 사실을 안타까워하는지도 몰랐다. 해티패티는 무민파파가 유치하게 군다는 생각에 실망했을 터였다. 의기소침해져서 살짝 한숨을 내쉰 무민파파는 해티패티들을 물끄러미 바라보았다. 이제 해티패티들이 무엇을 찾아냈는지 보였다. 바다가 둘둘 말아 바닷가에 던져 놓곤 하는 자작나무 껍질로 된 작은 두루마리였다. 다른 것은 없었다. 자작나무 껍질은 종이처럼 펼 수 있고, 안쪽은 희고 비단처럼 매끄럽지만, 손에서 놓자마자 다시 돌돌 말린다. 비밀

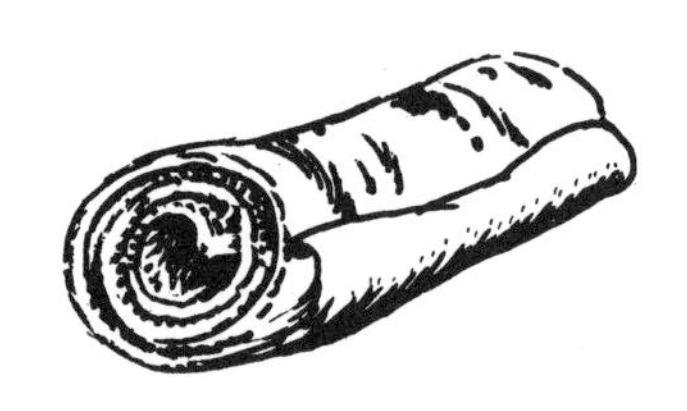

을 단단히 움켜쥔 조막만 한 주먹처럼. 무민마마는 자작나무 껍질을 커피 주전자 손잡이를 감싸는 데 쓰곤 했다.

해티패티들이 찾은 두루마리 안에는 무척 중요한 내용이 적혀 있을지도 몰랐다. 하지만 무민파파는 더는 궁금하지 않았다. 조금 으슬으슬해진 무민파파는 배 밑바닥에 누워 몸을 웅크리고 잠을 청했다. 해티패티들은 전기만 느낄 뿐 추위를 몰랐다.

해티패티들은 잠도 자는 법이 없었다.

무민파파는 동틀 녘에 잠에서 깼다. 허리는 뻐근했고 여전히 추웠다. 모자챙 밑으로 내다보니 뱃전 한 귀퉁이와 세모꼴로 가라앉았다 솟았다 다시 가라앉는 잿빛 바다가 보였다. 무민파파는 몸이 찌뿌듯해서 자신이 모험에 나선 아빠 같지 않다는 생각이 들었다.

해티패티 하나가 배를 비스듬히 가로지르는 자리에 앉아 있었는데, 무민파파는 그 해티패티를 곁눈질로 살펴보았다. 해티패티의 눈은 잿빛으로 바뀌어 있었다. 미끈하게 고와 보이는 양손은 나방의 날개처럼 팔랑거리며 천천히 움직였다. 다른 해티패티들과 이야기를 나누고 있거나 생각에 잠긴 모양이었다. 머리는 둥글었고 목은 드러나지도 않았다.

무민파파는 생각했다.

'온몸이 기다랗고 하얀 양말 같군. 밑이 조금 해진 양말 말이지. 하얀 스펀지 같기도 하고.'

그 순간, 무민파파는 기분이 가라앉았다. 지난밤에 어떻게 행동했는지 떠올랐다. 거미들도 기억났다. 거미가 겁먹는 광경은 난생처음 보았다.

무민파파가 중얼거렸다.

"이런, 이런."

무민파파가 일어나 앉으려던 바로 그때, 자작나무 껍질을 보고 몸이 굳어 버렸다. 두 귀는 모자챙 아래에서 바짝 올라섰다. 배 바닥에 놓인 파래박 속에 두루마리가 들어 있었고, 배가 출렁거릴 때마다 앞뒤로 천천히 움직였다.

무민파파는 아픈 것도 잊어버렸다. 두루마리 쪽으로 슬그머니 손을 뻗었다. 얼른 해티패티들을 돌아보았지만, 여느 때처럼 다들 수평선을 바라보고 있었다. 이제 두루마리는 무민파파의 손에 들어왔고, 무민파파는 두루마리를 꼭 잡고 천천히 펼쳤다. 바로 그 순간, 찌릿하며 정전기가 일었는데, 손전등에 쓰는 건전지 정도였다. 목덜미까지 따끔거렸다.

무민파파는 한참 동안 가만히 누워 마음을 가라앉혔다. 그런 다음, 비밀문서를 천천히 펼치기 시작했다. 별다를 것 없는 흰 자작나무 껍질이었다. 보물 지도도 아니었다. 암호도 없었다.

아무것도 없었다.

'어떤 해티패티가 다른 해티패티들이 찾을 수 있도록 외딴섬마다 두고 가는 명함일까? 반가운 편지를 건넬 때처럼 사교적이고 다정한 느낌을 주려고 약한 정전기가 느껴지나? 아니면 해티패티들은 보통 트롤은 보지 못하는 투명 글자를 읽을 수 있을까?'

무민파파는 실망해서 자작나무 껍질이 다시 돌돌 말리도록 내버려두고 고개를 들었다.

해티패티들이 태연하게 무민파파를 바라보고 있었다. 무민파파는 얼굴이 달아올랐다.

무민파파가 말했다.

"어쨌든 우리는 한 배에 타고 있잖습니까."

그리고 대답도 기다리지 않고 해티패티가 보여 주었던 몸짓 그대로 두 손을 펼치고, 안타깝지만 어쩔 수 없다는 듯이 한숨을 내쉬었다.

그러자 팽팽한 돛대 버팀줄에서 바람이 나지막하게 윙윙거리며 대답했다. 바다는 무민파파와 해티패티들이 탄 배 주위에 있는 잿빛 파도를 세상의 끝으로 밀어 보내고 있었고, 무민파파는 조금 울적한 마음으로 생각했다.

'몹쓸 생활이 이런 식이라면 내 손에 장을 지지겠어.'

바다에 떠 있는 섬은 천차만별이었지만, 하나같이 작고 외따로 떨어져 있어 꽤나 외롭고 슬펐다. 바람은 섬 주위에서 방향을 바꾸고 노란 달은 이지러졌다 차오르며 바다는 밤이면 어두워졌지만, 섬은 그대로였고 해티패티들만 가끔 들렀다. 섬이라고 할 수 없는 곳들도 마찬가지였다. 암초, 바위, 작은 섬, 잊힌 대륙의 줄기도 동트기 전에는 바다에 잠겨 있다가 밤이면 주위를 둘러보려는 듯이 떠올랐다. 이런 사실은 아는 이가 드물었다. 해티패티들은 이 모든 곳에 들렀다. 가끔 작은 자작나무 껍질 두루마리가 기다리고 있었다. 그런가 하면 아무것도 없는 곳도 있었고, 파도

가 부서지는 가장자리에 물범의 미끈한 등이 있거나 거칠게 깎인 벼랑에 붉은 바닷말이 덕지덕지 붙은 높다란 둑이 있기도 했다. 하지만 해티패티들은 섬 꼭대기마다 작고 하얀 자작나무 껍질 두루마리를 남겨 놓았다.

무민파파는 생각했다.

'해티패티들한테 다 생각이 있겠지. 세상 어떤 일보다 더 중요한 목적이 있을 텐데. 그게 뭔지 알아낼 때까지는 따라다녀야겠어.'

빨간 거미는 다시 맞닥뜨리지 않았지만, 무민파파는 해티패티들이 섬에 내릴 때마다 배에 남아 있었다. 섬에 가면 무민파파가 한참 전에 갔던 다른 섬들이 떠올랐기 때문이었다. 소풍 갔던 섬들, 숲이 우거진 무민 가족의 만(灣), 천막과 배가 드리운 그늘 아래에서 찬 기운이 가시지 않은 버터 그릇과 모래밭에 있는 주스 잔들과 말리려고 바위 위에 널어놓은 수영복……. 물론 위험이라고는 없는 베란다 생활이 그립지는 않았다.

그저 생각이 펄럭이며 무민파파를 스쳐 지나가면 울적해질 뿐이었다. 더는 가늠할 수조차 없을 만큼 작디작은 생각이 스치는 순간.

한편, 무민파파는 새로운 방식으로 생각하기 시작했다. 정겹고 아기자기하게 살면서 겪었던 모든 일을 점점 자주 떠올리고 곰곰이 생각했고, 다가올 날들이 자신에게 무엇을 주게 될지 꿈꾸는 시간은 그만큼 줄어들었다.

무민파파의 생각은 배처럼 미끄러지듯 흘러갔지만 기억도 꿈도 없었고, 무민파파와 해티패티들이 타고 있는 배는 수평선에 다다르고 싶다는 마음조차 없이 떠도는 잿빛 파도 같았다.

무민파파는 해티패티들에게 말을 걸려고도 않았다. 해티패티들처럼 바다를 뚫어지게 바라보기만 했고, 눈도 해티패티들의 눈처럼 창백해져서 하늘빛을 따라 변했다. 새로운 섬이 무민파파와 해티패티들을 향해 다가왔을 때도 무민파파는 꼬리로 배의 바닥을 몇 번 치기만 했을 뿐 꼼짝도 하지 않았다.

무민파파와 해티패티들이 싫증 날 만큼 끊임없는 파도 속을 미끄러지듯 나아가던 어느 순간, 무민파파는 생각했다.

'궁금하군. 내가 해티패티들을 닮아 가고 있지는 않은지 궁금해.'

무더위가 기승을 부리던 어느 날, 저녁나절이 되자 바다 위로 안개가 밀려왔다. 이상하게 불그스름한 짙은 안개였고, 무민파파는 안개가 험악하고 어딘지 모르게 살아 있는 듯하다고 생각했다.

저 멀리 바다뱀들이 콧김을 뿜으며 나타났고, 무민파파는 가끔 그 모습을 힐끗거렸다. 둥글고 시커먼 바다뱀의 대가리가 드러나고, 겁에 질린 눈으로 해티패티들을 뚫어지게 바라보다가, 꼬리로 물을 첨벙거리며 안개 속으로 다시 도망쳐 버리곤 했다.

무민파파는 생각했다.

'거미만큼이나 무서워하는군. 바다뱀도 해티패티들을 무서워해…….'

멀리서 고요를 뚫고 천둥소리가 밀려들더니, 그 뒤로는 아무 소리도 없었고 무엇 하나 움직이지도 않았다.

무민파파는 늘 천둥이 엄청나게 흥미진진하다고 생각했다. 하지만 이제 아무 생각도 들지 않았다. 무민파파는 오롯이 자유로웠지만 더는 어떤 감정이 생기지 않았다.

바로 그때, 승객을 많이 태운 배 한 척이 안개 속에서 나타났다. 무민파파는 벌떡 일어났다. 그 순간, 다시 예전 모습을 되찾은 무민파파는 모자를 흔들어 손짓하며 소리를 질렀다. 낯선 배가 무민파파와 해티패티들이 타고 있는 배 쪽으로 다가왔다. 배도 하얗고 돛도 하얬다. 그리고 배에 타고 있는 승객들도 하얬다…….

무민파파가 말했다.

"아, 그렇군."

그제야 무민파파는 그들 역시 해티패티들이라는 사실을 알아차리고 손짓을 멈추고 자리에 앉았다.

두 배는 서로 인사도 없이 스쳐 지나갔다.

그때 갑자기 배들이 짙은 안개 속에서 하나둘 미끄러져 나왔는데, 배 그림자는 모두 한 방향으로 가고 있었고 모두 해티패티들이 타고 있었다. 어떤 배에는 일곱이, 또 어떤 배에는 다섯 또는 열하나가 타고 있었고, 가끔 혼자만 타고 있기도 했지만, 어디에나 홀수로 타고 있었다.

안개가 걷히며 불그스름한 노을 속으로 빨려들었다. 바다는 온통 배로 가득 찼다. 배들은 모두 새로운 섬 쪽으로 뱃머리를 돌렸는데, 나무도 산도 없는 길쭉한 섬이었다.

그때 다시 천둥이 쳤다. 천둥은 수평선 위로 점점 더 높이 피어오르는 커다란 먹구름 속 어딘가에 있었다.

배들이 연달아 섬에 올라 돛을 내렸다. 황량했던 바닷

가는 벌써 배를 끌어올려 놓고 서로 인사하는 해티패티들로 북적거렸다.

눈길이 닿는 어디에나 새하얀 해티패티들이 엄숙하게 돌아다니며 서로 인사하고 있었다. 해티패티들은 바스락 소리를 내면서 천천히 돌아다니며 쉴 새 없이 손을 흔들었다. 바닷가 풀들은 해티패티들 주위에서 속삭였다.

외따로 선 무민파파는 수많은 해티패티 사이에서 길동무였던 세 해티패티를 찾으려 애를 썼다. 무민파파에게는 무척 중요한 일이었다. 그나마 아는 해티패티라곤 그 셋뿐이었다……. 물론 눈곱만큼 알았지만. 그나마라도.

하지만 그 셋은 무리 속으로 사라져 버렸고, 그 셋과 다른 해티패티들 사이에 어떤 차이가 있는지 알아차리지도 못한 무민파파는 갑자기 거미들이 우글거리던 섬에서처럼 두려워졌다. 무민파파는 모자를 깊이 눌러쓰고 험악하고 태연하게 보이려고 애썼다.

주위를 새하얗게 둘러싸고 속닥거리는 소리만 들리며 무엇 하나 뚜렷하지 않은 이 이상한 섬에서 딱 하나, 모자만이 한결같고 확실했다.

무민파파는 이제 진짜 자기 자신을 믿지는 못했지만, 모자만은 믿었다. 검은색 모자는 튼튼했고, 무민마마는 세상 어떤 모자와도 구별할 수 있도록 모자 안에 '당신의 무민마마가 무민파파에게'라고 써 놓았다.

마지막 배가 섬에 닿아 바닷가 위로 올라오자, 해티패티들이 바스락 소리를 멈추었다. 해티패티들은 주황빛 눈을 한꺼번에 무민파파 쪽으로 돌리더니 점점 다가왔다.

정신이 번쩍 든 무민파파가 흥미로워하며 생각했다.

'싸워 보자는 건가.'

바로 그때, 무민파파는 누굴 상대로든 싸우고 싶어졌고, 누가 됐든 틀렸고 호되게 맞아야 한다고 생각하며 소리 지르며 싸우고 싶었다.

하지만 해티패티들은 누굴 대받거나 싫어하지도 않고 누가 어떻다는 생각조차 하지 않고, 싸우는 법도 없었다.

수백이 넘는 해티패티들이 차례대로 인사하러 다가왔고, 머리가 아프도록 모자를 벗고 인사를 하던 무민파파

가 지쳐서 손을 흔들 때까지 해티패티들은 손짓을 멈추지 않았다.

마지막 해티패티가 무민파파를 지나갔을 때, 무민파파는 싸울 마음이 씻은 듯이 사라져 버렸다. 진이 다 빠져 정중하게 모자를 한 손에 들고 속삭이듯 바스락거리는 풀밭을 지나 해티패티들의 뒤를 따르기만 했다.

이제 천둥은 하늘 높이 올라가서 금방이라도 와르르 무너질 듯 위태로운 벽처럼 무민파파와 해티패티들 위로 기울어져 있었다. 조각구름을 몰고 온 바람 한 자락이 무민파파와 해티패티들이 느낄 수 없을 만큼 높은 곳에서 불안하게 불어 댔다.

수면 가까이에서 짧고도 변덕스러운 번갯불이 가물거렸는데, 환히 빛났다가 꺼지고 다시 빛났다.

해티패티들이 섬 한가운데에 모였다. 바닷새가 악천후를 예감하듯 해티패티들도 폭풍우가 다가오자 남쪽으로 돌아섰다. 그리고 야간등처럼 하나둘 빛을 내뿜기 시작했고, 번갯불에 맞추어 타오르자 해티패티들 주위로 나 있던 풀에도 전기가 흘러 타닥거렸다.

무민파파는 바닥에 드러누워 푸르스름한 해변 식물 너머를 올려다보았다. 어두운 하늘과는 반대로 잎사귀는 곱고 밝아 보였다. 집에는 무민마마가 고사리 잎 모양을 수

놓은 소파용 방석이 있었다. 검은색 펠트에 연둣빛으로 잎을 수놓은 방석이었다. 무척 아름다웠다.

이제 천둥은 더욱 가까이에서 우르릉거렸다. 손에 축축한 느낌이 들어 무민파파는 풀밭에 일어나 앉았다. 비가 내리고 있었다.

갑자기 해티패티들이 나방의 날개처럼 손을 파닥거리기 시작했다. 이리저리 파닥거리며 허리를 숙이고 춤추자, 외딴섬에 앵앵거리는 모기 소리 같은 가느다란 노랫소리가 솟아올랐다. 해티패티들은 병목에 부는 바람 소리 같은 쓸쓸하고 고적한 소리를 내며 울부짖었다. 무민파파도 해티패티처럼 하고 싶은 마음을 억누를 수가 없었다. 앞뒤로 몸을 흔들고, 울부짖으며 몸을 흔들고 바스락거리고 싶었다.

무민파파는 귀를 쫑긋 세우고 양손을 흔들기 시작했다. 그와 동시에 자리에서 일어나 해티패티들 쪽으로 천천히 걸어갔다.

무민파파는 생각했다.

'해티패티들의 비밀은 천둥과 관련이 있어. 안달이 나서 천둥을 찾아다니는군…….'

섬에 어둠이 내리자 새하얀 번갯불이 쉭쉭거리며 위험하게 흘러내렸다. 바람은 저 먼바다 위에서부터 으르렁거리며 휘몰아치기 시작하더니 점점 더 가까이 다가왔고, 무민파파가 겪었던 가장 격렬한 번개가 세상을 산산조각 내듯 내리쳤다.

바위가 천둥소리를 내며 묵직한 수레처럼 이리저리 굴러 다녔고, 세찬 바람이 불어들어 무민파파를 풀밭에 넘어뜨렸다.

넘어진 그 자리에 앉아 모자를 움켜쥔 무민파파는 몸을 뚫고 지나가려는 듯이 거센 폭풍우가 다시 불어닥치자 생각했다.

'아니, 나한테 무슨 문제라도 있었나. 나는 해티패티가 아니라 무민파파인데……. 내가 지금 여기에서 뭘 하고 있지…….'

해티패티들을 보자 무민파파는 갑자기 전기가 들어오듯 모든 사실을 명확하게 깨달았다. 크고 막강한 폭풍우만이 해티패티들에게 생명을 불어넣어 줄 수 있었다. 해티패티들은 강력하게 충전되어 있었지만, 꼼짝 없이 막혀 있었다. 느낄 수도, 생각할 수도 없는 채로 헤매고 다닐 뿐이었다. 하지만 마침내 전기가 흐르면 온 힘을 다해 그리고 격렬한 감정을 느끼며 살아났다.

해티패티들이 가장 바라는 일이 틀림없었다. 해티패티들이 충분히 모였을 때, 천둥을 불러들였으리라…….

무민파파는 생각했다.

'틀림없어. 딱한 해티패티들 같으니. 그런 줄도 모르고 나는 만에 앉아서 해티패티들이 아무 말도 없이 계속 돌아다니다니 정말 별나다고 생각했지. 해티패티들은 할 말도 달리 갈 곳도 없는데 말이야…….'

바로 그 순간, 구름이 걷히더니 번갯불을 받은 하얀 불빛이 무민파파와 해티패티들 위로 쏟아졌다.

무민파파는 예전처럼 푸른빛이 감도는 눈으로 벌떡 일어나 소리쳤다.

"집에 가야겠어! 지금 당장 집에 가야겠다고!"

무민파파는 고개를 번쩍 들고 모자를 귀까지 단단히 눌러썼다. 그런 다음 바닷가로 내려가 하얀 배 한 척에 올라타고 돛을 올린 다음, 폭풍우가 몰아치는 바다로 곧장 나아갔다.

예전 모습으로 돌아온 무민파파는 자기 생각을 되찾았고, 집이 그리워졌다.

배가 거센 폭풍우를 뚫고 나아가는 동안 무민파파는 생각했다.

'기뻐할 수도, 실망할 수도 없다니. 누군가를 좋아할 수도, 화를 낼 수도 없고, 용서조차 할 수 없고 말이야. 잠들 수도 없고 추위도 느끼지 못하고, 실수할 수도 없고 배가 아팠다가 나을 수도 없고, 생일 축하도 할 수가 없고, 맥주를 마시고 양심의 가책을 느낄 수도 없다니……. 아무것도 못 한다니. 정말 끔찍하군.'

행복에 젖어든 무민파파는 악천후가 조금도 두렵지 않았다. 무민파파와 가족들은 집에 전깃불을 켜지 않고, 여느 때처럼 호롱불을 켜 두었을 터였다.

무민파파는 가족들과 베란다가 그리웠다. 진정한 아빠라면 으레 그러하듯, 갑자기 무민파파도 집에 있을 때에야 비로소 진정한 자유와 모험을 즐길 수 있으리라는 생각이 들었다.

## 여덟 번째 이야기

## 세드릭

작은 동물 스니프가 세드릭을 건네준 뒤인 지금도 어쩌다 스니프가 속아 넘어갈 수 있었는지 이해할 수가 없다.

먼저, 스니프는 전에 한 번도 물건을 누군가에게 선물한 적이 없었고, 오히려 그 반대였다. 그리고 두 번째로, 세드릭은 진짜로 제법 근사했다.

세드릭은 살아 움직이지 않는 소장품이었지만 얼마나 근사한 녀석이었는지 모른다! 세드릭을 처음 보면 작은 플러시 천으로 된 강아지 인형일 뿐이라고 생각할지도 모르지만, 꼼꼼히 들여다보면 황옥으로 만든 눈이 박혀 있고 목걸이 걸쇠 바로 위에는 자그마한 진짜 월장석이 박혀 있다는 사실을 알 수 있었다.

더구나 세드릭에게는 다른 조그마한 개들한테서는 찾아볼 수도, 따라 할 수도 없는 표정이 있었다. 스니프는 세드릭의 표정보다는 보석이 더 중요할지도 몰랐지만, 어쨌거나 스니프는 세드릭을 애지중지했다.

그래서 스니프는 세드릭을 건네주자마자 후회했고, 절망에 빠져 어쩔 줄 몰라 했다. 스니프는 먹지도, 자지도, 심지어 입도 벙긋하지 않았다. 후회하기만 했다.

무민파파가 걱정스럽게 말했다.

"아니, 얘야. 세드릭이 그렇게 소중했으면 개프지네 딸이 아니라 차라리 네가 좋아하는 다른 누구한테 주지 그랬니?"

스니프가 울어서 안쓰럽게 새빨개진 눈으로 마룻바닥만 뚫어져라 내려다보며 중얼거렸다.

"어휴, 다 무민 때문이에요. 자기가 좋아하는 걸 남한테 주면 열 배로 돌려받고, 기분도 좋아진다고 무민이 그랬단 말이에요. 무민한테 속았어요."

무민마마가 말했다.

"세상에나. 그래, 그래."

그때 무민마마는 더 나은 말을 찾을 수가 없었다. 대신 이 문제를 잠자리에서 생각해 보기로 했다.

저녁이 되어 무민마마는 방으로 돌아갔다. 모두 잘 자라는 인사를 나누었고 등불이 하나둘 꺼졌다. 스니프만 잠들지 못한 채 누워 커다란 나뭇가지 달그림자가 그네처럼 앞뒤로 흔들거리는 천장에서 눈을 떼지 않고 있었다. 따뜻한 밤이어서 창이 열려 있었기 때문에 스니프는 저 아래 강가에서 들려오는 스너프킨의 하모니카 소리를 들을 수 있었다.

머릿속에 암담한 생각만 밀려들자 스니프는 침대에서 일어나 창 쪽으로 살금살금 걸어갔다. 줄사다리를 타고 내려간 스니프는 새하얗게 빛나는 작약과 칠흑같이 새까만 정원을 지나 내달렸다. 아득하게 높이 뜬 달은 쌀쌀맞기만 했다.

스너프킨은 천막 바깥에 나와 앉아 있었다.

오늘 밤, 스너프킨은 아무 노래도 연주하지 않았고, 뭘 묻거나 뭐라 답해야 할지 모를 때 맞장구를 치면서 내는 작은 소리와 비슷한 음악의 작은 끝자락만을 연주하고 있었다.

스니프는 스너프킨의 옆에 앉아 울적하게 강을 내려다보았다.

스너프킨이 말했다.

"스니프, 잘 왔어. 안 그래도 여기 앉아서 네가 재미있어할 만한 이야기를 생각하고 있었거든."

스니프가 이맛살을 찌푸리며 중얼거렸다.

"밤에 듣는 옛날이야기에는 흥미 없는데."

스너프킨이 말했다.

"옛날이야기가 아니야. 진짜 일어났던 일이지. 우리 외고

모할머니한테 있었던 일이야."

그러고 나서 스너프킨은 담뱃대를 물고 가끔 한밤중 어두워진 강물을 발끝으로 튀기면서 이야기를 시작했다.

"옛날에 자기 물건을 애지중지하던 여자가 있었어. 그 여자는 자기를 즐겁게 하거나 화나게 할 자식이 없었고, 일을 하거나 음식을 만들 필요도 없었고, 남들이 자기를 어떻게 생각하는지 신경 쓰지도, 두려워하지도 않았지. 놀 마음조차 잃어버렸고. 다시 말해서, 그 여자는 꽤나 지루하게 살았다고 할 수 있어.

하지만 그 여자는 자기 물건을 애지중지 아끼고, 평생을 바쳐 모으고, 정리하고 닦으면서 더욱더 아름답게 가꾸었어. 누가 자기 집에 찾아왔을 때 눈 뜨고도 믿지 못하겠다고 생각할 만큼 말이야."

스니프가 고개를 끄덕였다.

"그 여자는 행복했겠네. 어떻게 생긴 물건들이었는데?"

스너프킨이 말했다.

"그래. 행복하다고도 할 수 있겠지. 그러니까 내 말 끊지 말고 조용히 들어 봐. 아무튼 어느 아름다운 밤에 외고모할머니가 어두운 지하 식료품 저장실에서 커틀릿을 먹다가 큼지막한 뼈를 삼켰을 때보다 더 행복할 수는 없는 노릇이겠지. 할머니는 며칠이 지나도록 이상한 기분이 가시질 않아서 의사를 찾아갔지. 의사 선생님은 할머니의 가슴을 두드리고, 숨소리를 귀 기울여 듣고, 불빛을 비추어 보더니, 결국 고개를 흔들며 고기 뼈가 가로로 걸렸다고 말했어. 무척 고약한 뼈라서 도저히 빼낼 수 없다고도 했지. 다시 말해서, 의사 선생님은 최악의 사태가 일어날지도 모른다고 걱정했지."

스니프가 흥미로워하며 말했다.

"아니, 무슨 말이야. 할머니가 갑자기 죽을지도 모른다고 말할 용기가 나지 않아서 의사 선생님이 돌려 말했다는 뜻이야?"

스너프킨이 고개를 끄덕이며 말했다.

"그런 셈이지. 하지만 외고모할머니는 그렇게 심약한 분이 아니라서 살날이 얼마나 남았는지 알아본 다음, 집으로 돌아가서 곰곰이 생각했어. 몇 주는 그리 긴 시간이 아니었지.

할머니는 갑자기 젊어서 아마존강을 탐험하고 심해 잠수도 배우고 아이들을 위해 커다랗고 재미있는 집을 짓고 불 뿜는 산을 여행하고 모든 친구를 위해 성대한 연회를 베풀 계획을 세웠던 기억이 났어. 하지만 이제는 너무 늦어 버렸지. 게다가 할머니는 아름다운 물건을 모으기에 바빠서 친구도 하나 사귈 시간이 없었어.

할머니는 점점 더 우울해졌고, 어쩌다 이렇게 우울해졌는지 곰곰이 생각했지. 멋진 수집품이 가득한 이 방 저 방을 다니면서 위로를 받으려고 했지만, 기분은 나아지지 않았어. 오히려 하늘나라로 갈 때 세상에 모조리 남겨 두어야 한다는 생각이 머릿속에 가득 찼지.

무슨 이유인지는 몰라도, 저 위 하늘에서 처음부터 수집을 다시 시작해야겠다는 생각을 해도 재미가 없었고."

스니프가 소리쳤다.

"너무 안됐다! 조그만 물건도 하나 가져갈 수 없단 말이야?!"

스너프킨은 진지하게 말했다.

"응. 안 될 일이지. 아무튼 지금은 조용히 하고 이야기 좀 들어 봐. 어느 날 밤, 할머니는 누워서 천장을 뚫어지게 쳐다보며 생각하고 또 생각했어. 할머니를 에워싼 아름다운 가구에는 작고 아름다운 물건이 가득 들어차 있었고, 바닥이든 벽이든 천장이든 옷장이든 서랍이든 어디에나 할머니의 수집품이 있었지만, 자신을 눈곱만큼도 위로해 주지 않는 이 모든 물건에 숨이 막혀 버리겠다는 생각이 퍼뜩 들었어. 그러자 한 가지 생각이 떠올랐지. 누워 있던 할머니도 웃음을 터뜨릴 만큼 재미있는 생각이라, 기운이 펄펄 나서 곰곰이 생각해 보려고 자리에서 일어났어.

할머니는 바람이 더 잘 통하도록 주위에 있는 물건을 모조리 나눠 주자는 생각을 했어. 배 속에 큼직한 뼈가 가로로 걸려 있는 데다 평온하게 아마존 강을 떠올리려면 해야 할 일이었지."

스니프가 실망해서 말했다.

"정말 바보 같아."

스너프킨이 고개를 가로저었다.

"바보 같은 일이 아니었어. 누구에게 뭘 줄지 곰곰이 생각하며 앉아 있는 동안 할머니는 엄청 기분이 좋았거든.

할머니는 친척도 많고 알고 지내는 이들도 많았어. 너도 알겠지만, 그러면 친구가 없더라도 괜찮잖아. 아무튼,

할머니는 아는 이를 차례대로 모두 떠올리면서 받으면 좋아할 선물이 뭘지 고민했지. 재미있는 놀이 같았다니까.

어쨌거나 할머니는 어리석지 않았어. 난 하모니카를 받았거든. 이 하모니카가 금과 자카란다 나무로 만들어진 줄은 몰랐지? 음, 할머니는 저마다 딱 어울리면서도 늘 꿈꾸던 물건을 하나씩 주었을 만큼 무척 현명하게 고심했어.

게다가 우리 외고모할머니는 남들을 깜짝 놀라게 하는 데 소질이 있었어. 할머니는 물건을 몽땅 꾸러미로 꽁꽁 싸서 보냈고, 선물을 받은 이들은 누가 보냈는지 짐작도 못 했지. (할머니는 누가 물건을 깨뜨릴까 봐 걱정이 이만저만이 아니어서 아무도 할머니 집에 가 본 적이 없었어.)

선물을 받고 모두 깜짝 놀라 누가 보냈는지 고민할 상상을 하니 할머니는 재미있었고, 꽤 들뜨기까지 했지.

그 자리에서 소원을 들어준 다음 사라져 버리는 요정 같았다고나 할까."

스니프는 눈을 부릅뜨고 소리쳤다.

"하지만 나는 세드릭을 꽁꽁 싸서 보내지 않았어. 죽지도 않을 테고!"

한숨을 내쉰 스너프킨이 말했다.

"넌 왜 늘 그 모양이야. 지금은 네 이야기 말고 좋은 이야기 좀 들으려고 해 봐. 그리고 내 생각도 해 줘야지. 너한테 들려주려고 아껴 둔 이야기이기도 하고, 나도 가끔은 이야기를 하고 싶단 말이야. 자, 아무튼. 그와 동시에 또 다른 일이 일어났어. 갑자기 할머니는 밤이면 푹 잘 수 있게 되었고, 낮이면 아마존강이 어떨지 상상하고 심해 잠수와 관련된 책을 읽고 세상에 내버려진 아이들을 위해 커다란 집을 지을 계획을 세웠어. 그게 재미있었던 할머니는 예전보다 훨씬 상냥해졌고, 다들 할머니와 잘 지내기 시작했지.

할머니는 생각했어.

'조심해야겠어. 이제야 친구들이 생겼는데 젊어서 꿈꾸던 성대한 연회를 베풀지 못하게 되면 어째…….'

그리고 할머니의 방은 점점 더 바람이 잘 들기 시작했어. 선물 꾸러미를 하나씩 보내서 방 안 수집품이 줄어들 때마다 할머니의 마음도 가벼워졌지. 마침내, 할머니는 텅 빈 방을 돌아다니며 마치 풍선이, 그것도 날아오를 준비가 끝난 즐거운 풍선이 된 듯한 느낌이 들었어……."

스니프가 침울하게 말했다.

"하늘나라로 가나 봐. 거봐……."

스너프킨이 말했다.

"말 좀 그만 끊어. 네가 이 이야기를 이해하기에는 너무 어린 줄 진작 알았어야 했는데. 하지만 어쨌든 계속 들려줄게. 좋아. 모든 방이 텅 비어 갔고 할머니한테는 침대 하나만 남았어.

커다란 캐노피 침대였는데, 할머니의 새 친구들이 놀러 오면 모두 한 자리씩 차지했고 몸집이 작은 친구들은 침대 위 덮개에 앉았어. 할머니와 친구들은 무척 재미있는 시간을 보내곤 했지만, 할머니는 친구들에게 성대한 연회를 베풀어 주지 못할까 봐 여전히 걱정이었어.

저녁이면 할머니와 친구들은 무섭거나 재미있는 이야기를 나누곤 했는데, 어느 날 저녁에……."

스니프가 버럭 화를 냈다.

"됐어, 이제 그만해. 너도 무민이랑 똑같아. 이야기가 어

떻게 될지는 나도 알아. 할머니는 침대까지 줘 버린 다음에 행복하게 하늘나라로 갔으니까, 나도 세드릭은 물론이고 가진 걸 탈탈 털어서 몽땅 나눠 주고 빈손으로 죽으라는 말이잖아!"

스너프킨이 말했다.

"이 멍청아. 네가 이야기를 다 망쳐 놓고 있잖아. 할머니가 재미있는 이야기를 듣고 너무 웃겨서 배꼽이 빠지게 웃다가 배 속에 걸려 있던 뼈가 튀어나와서 건강을 되찾았다는 이야기를 하려고 했다고!"

스니프가 소리쳤다.

"말도 안 돼. 할머니 너무 안됐어!"

스너프킨이 물었다.

"할머니가 안됐다니 무슨 말이야?"

스니프가 말했다.

"아이고! 할머니가 가진 걸 몽땅 줘 버렸잖아. 그런데 아무 소용없게 돼 버렸다고! 할머니가 죽지 않았으니까! 나중에 할머니가 가서 다 되찾아 왔어?"

스너프킨은 담뱃대를 깨물며 눈썹을 치켜세웠다.

스너프킨이 말했다.

"이 바보 같은 꼬맹아. 할머니가 가진 걸 탈탈 털어서 재미있는 이야기 한 편을 만들었잖아. 건강을 되찾은 할머

니는 연회를 열었어. 홀로 된 아이들을 위한 집도 지었고. 심해 잠수하기에는 나이가 너무 많았지만, 불 뿜는 산은 볼 수 있었어. 그런 다음에는 아마존강으로 떠났지. 우리가 들었던 할머니 소식은 여기까지야."

스니프가 의심스러운 듯 현실적으로 따져 물었다.

"그런 일을 하려면 돈이 들잖아. 할머니는 가진 걸 몽땅 나눠 줬는데."

스너프킨이 말했다.

"할머니가 몽땅 나눠 줬다고? 진짜? 내 이야기를 똑똑히 들었으면 캐노피 침대가 남았다는 사실쯤은 알고 있었을 텐데. 그리고 있지, 스니프. 그 침대는 순금으로 만들었고 다이아몬드랑 홍옥 장식이 가득 박혀 있었다고."

(세드릭은 어떻게 되었느냐 하면, 개프지는 세드릭의 눈에 박혀 있던 홍옥으로 딸에게 귀걸이를 만들어 주었고, 대신 세드릭에게는 검은색 단추로 눈을 달아 주었다. 스니프는 빗속에 버려져 있던 세드릭을 찾아 집으로 데려왔다. 월장석은 안타깝게도 비에 쓸려가 버려서 두 번 다시 찾을 수 없었다. 세드릭은 볼품없어졌지만, 그래도 스니프가 세드릭을 아끼는 마음은 여전했다. 스니프의 애정 어린 마음만큼은 칭찬받을 만하다.—지은이)

# 아홉 번째 이야기

# 전나무

헤물렌 하나가 지붕에 서서 눈을 치우고 있었다. 손에는 노란 털실로 짠 장갑을 끼고 있었는데, 장갑이 점점 젖어 들어서 기분이 나빠졌다. 그래서 헤물렌은 장갑을 굴뚝에 벗어 놓은 다음, 한숨을 내쉬며 계속 눈을 치웠다. 마침내 헤물렌은 지붕 출입문에 다다랐다.

헤물렌이 말했다.

"그래, 여기 있었군. 다들 저 밑에 누워 있겠지. 잠이나 쿨쿨 자면서. 곯아떨어져서 자고 또 자고. 누구는 크리스마스가 온다고 몸이 부서지게 일하는데."

헤물렌은 문을 당겨야 하는지 밀어야 하는지 기억이 나지 않아서 출입문 위로 올라가 조심스럽게 문을 밟았다. 그 순간 문이 안으로 홱 열리는 바람에, 헤물렌은 눈 더미와 함께 어둠 속 무민 가족이 나중에 쓸 요량으로 다락에 쌓아 놓았던 온갖 물건 위로 떨어져 버렸다.

이제 노란 장갑을 어디에 두었는지 기억이 가물가물해지기까지 하자 헤물렌은 짜증이 치밀어 올랐다. 특히 아끼는 장갑이었다.

그래서 헤물렌은 계단을 쿵쾅거리며 내려간 다음, 문을 벌컥 열고 화난 목소리로 고래고래 소리를 질렀다.

"곧 크리스마스예요! 다들 지긋지긋하게 겨울잠이나 자고 있다니, 이제 크리스마스가 코앞이라고요!"

집 안에서는 무민 가족이 여느 때처럼 겨울잠을 자고 있었다. 모두 벌써 몇 달째 잠들어 있었고 봄이 올 때까지 계속 잘 요량이었다. 둘도 없이 길고 더운 여름날 오후를 보여 주며 잠은 요람처럼 무민 가족을 기분 좋게 가만가만 흔들고 있었다. 그때 갑자기 무민의 꿈속에 찬바람과 함께 걱정이 새어들었다. 그러더니 누군가가 무민의 이불을 걷어내며 지긋지긋하다고, 크리스마스가 온다고 고함치는 소리가 들렸다.

무민이 웅얼거렸다.

"벌써 봄인가."

헤물렌이 쏘아붙였다.

"봄이라고? 크리스마스라고. 크리스마스 말이야. 그리고 나는 뭐 하나 갖추지도 못하고 준비도 못 했는데 너희 가족을 깨우라고 다들 나를 여기로 떠밀었어. 장갑은 어디로 갔는지 모르겠고. 아무튼 지금 다들 정신없이 뛰어다니는데 아무것도 준비하질 못했어……."

그러더니 헤물렌은 다시 쿵쾅거리며 계단을 올라가서는 지붕 출입문으로 나가 버렸다.

겁에 질린 무민이 말했다.

"엄마, 일어나 보세요. 뭔지 몰라도 무서운 일이 일어났어요. 크리스마스라는 거래요."

무민마마가 고개를 들며 말했다.

"그게 무슨 말이니?"

무민이 말했다.

"잘 모르겠어요. 그런데 아무것도 준비되어 있지 않고 누가 뭘 잃어버렸고 다들 정신없이 뛰어다닌대요. 또 홍수라도 났나 봐요."

무민은 스노크메이든을 슬며시 흔들면서 속삭였다.

"뭔가 무서운 일이 일어났는데 걱정은 하지 마."

무민파파가 말했다.

"침착하렴. 무엇보다도 침착해야 해."

그러더니 무민파파는 지난 10월부터 멈추어 있던 시계 쪽으로 가서 태엽을 감았다.

무민 가족은 헤물렌의 젖은 발자국을 따라 다락으로 간 다음, 지붕 바깥으로 나갔다.

하늘은 여느 때처럼 푸른빛이었으니 이번에는 불을 뿜는 산이 말썽일 리는 없었다. 하지만 산이며 나무며 강이며 집까지 골짜기가 온통 젖은 솜으로 가득 뒤덮여 있었다. 더구나 춥기까지 했는데, 4월보다도 훨씬 더 추웠다.

무민파파가 깜짝 놀라 물었다.

"이걸 크리스마스라고 하나?"

무민파파는 한 손 가득 솜을 들어 올려 유심히 들여다보면서 말했다.

"이게 땅에서 자라났을까. 하늘에서 떨어졌을지도 모르겠군. 이게 이렇게 한꺼번에 나타나면 정말 거북살스럽겠는걸."

무민이 말했다.

"아빠, 그건 눈이에요. 제가 알기로 눈은 한꺼번에 내리지는 않아요."

무민파파가 말했다.

"그래? 하지만 어쨌거나 거북하구나."

헤물렌의 이모가 썰매에 전나무 한 그루를 싣고 지나가고 있었다.

이모가 심드렁하게 말했다.

“아, 드디어 일어나셨군요. 어두워지기 전에 전나무를 구하세요.”

무민파파가 팔을 걷어붙이며 물었다.

“그런데 전나무는 왜요?”

“지금은 노닥거릴 시간 없어요.”

헤물렌의 이모가 고개를 돌려 소리치고는 멀어져 갔다.

스노크메이든이 속삭였다.

“어두워지기 전이래. 어두워지기 전이라고 했어. 오늘 저녁에 위험한 일이 생기나 봐…….”

무민파파가 골똘히 생각하며 중얼거렸다.

“아무 탈 없으려면 전나무 한 그루가 필요한 게 틀림없군. 당최 이해를 못 하겠네.”

무민마마가 차분하게 말했다.

“저도 마찬가지예요. 하지만 전나무를 찾으러 나갈 때는 목도리를 두르고 털 장화를 신는 편이 좋겠어요. 그동안 저는 타일 벽난로에 불을 좀 지필게요.”

정원에 있는 전나무가 너무 소중했던 터라 무민파파는 위협하는 재앙에도 불구하고 그중 단 한 그루도 건드리지 않기로 했다. 대신 무민 가족은 개프지네 집 울타리를 타고 넘어가 사실 개프지한테는 별로 쓸모없는 커다란 전나무 한 그루를 골랐다.

무민이 물었다.

“전나무가 필요하다는 게 우리가 나무 안에 숨어야 한다는 뜻 같으세요?”

무민파파가 계속 도끼질을 하며 말했다.

"글쎄. 나도 이번 일은 당최 이해할 수가 없구나."

무민 가족이 강에 거의 도착했을 즈음, 봉투와 꾸러미를 품에 한 아름 끌어안은 개프지가 다가왔다. 개프지는 얼굴이 벌겋게 달아오를 만큼 머리끝까지 화가 나 있어서 다행히도 자기 전나무를 알아보지 못했다.

개프지가 소리를 질렀다.

"난리도 아니라니까요! 버르장머리 없는 고슴도치들을 오냐오냐해선 안 되는데……. 방금 미자벨한테도 말했지만, 정말 부끄러운 일이에요……."

무민파파는 개프지의 모피 코트 깃을 필사적으로 붙들고 말했다.

"전나무 있잖습니까. 전나무로 뭘 하죠?"

어리둥절한 개프지가 되뇌었다.

"전나무라. 전나무 말이에요? 어머, 끔찍해라! 세상에, 못 살아……. 전나무를 꾸며야 하는데……. 시간을 어떻게 낸담……."

그런데 그때 개프지는 끌어안고 있던 꾸러미를 눈밭에 떨어뜨렸고 쓰고 있던 모자가 흘러내려 눈을 가리자 신경질이 나서 울음을 터뜨릴 지경이 되었다.

무민파파는 고개를 내저으며 전나무를 다시 번쩍 들어 올렸다.

집에 있던 무민마마는 베란다에 쌓인 눈을 치운 다음 구명대와 아스피린, 무민파파의 총과 따뜻한 습포제를 꺼내 놓았다. 어떤 일이 일어날지 종잡을 수 없었기 때문이었다.

작은 토플 하나가 소파 맨 끄트머리에 앉아 차를 마시고 있었다. 베란다 아래로 소복이 쌓인 눈 속에 앉은 모습이 어찌나 가엾어 보이던지 무민마마가 안으로 불러들인 토플이었다.

무민파파가 말했다.

"자, 전나무 여기 있어요. 이제 전나무를 어떻게 써야 하는지는 알아냈어요. 개프지가 그러는데, 전나무를 단장해

야 한다더군요."

무민마마가 걱정스럽게 말했다.

"우린 그렇게 큰 옷이 없는데. 개프지 말이 무슨 뜻일까요?"

"전나무가 예뻐요."

작은 토플이 이렇게 소리치고는 너무 수줍어 차를 홀짝이다 사레들리는 바람에 괜히 용기 내어 말을 꺼냈다고 후회했다.

스노크메이든이 물었다.

"너 혹시 전나무를 어떻게 꾸며야 하는지 아니?"

얼굴을 새빨갛게 물들이며 토플이 소곤거렸다.

"아름다운 물건들로. 그럼 정말 아름답게 꾸밀 수 있어. 내가 듣기론 그래."

그러더니 토플은 수줍어서 어쩔 줄 몰라 하며 양손으로

얼굴을 가렸다가, 찻잔을 들어 올렸다가 베란다 문을 열고 사라져 버렸다.

무민파파가 말했다.

"이제 생각 좀 해야겠으니 잠시 다들 조용히 해. 전나무를 아름답게 꾸며야 한다는 말은 위험을 피해 전나무에 숨으라는 게 아니라 위험을 누그러뜨리라는 뜻일지도 모르겠군. 이제 무슨 문제인지 이해가 되기 시작하네."

가족들 모두 곧바로 전나무를 정원으로 옮겨 눈밭에 단단히 세웠다. 그리고 생각할 수 있는 아름다운 물건을 모두 가져다 꼭대기부터 아래로 내려가며 전나무를 꾸미기 시작했다.

지난여름 꽃밭에 놓았던 조가비와 스노크메이든의 진주 목걸이로 전나무 주위를 장식했다. 나뭇가지에는 거실 샹들리에에서 빼 온 크리스털 유리가 걸렸고 나무 꼭대기에는 무민마마가 무민파파에게 받은 빨간 비단 장미가 꽂혔다.

겨울의 헤아릴 수 없는 힘을 누그러뜨리려고 모두 자기가 가진 가장 아름다운 물건을 가져왔다.

전나무 꾸미기가 끝났을 때, 헤물렌의 이모가 의자 달린 썰매를 타고 다시 지나갔다. 이번에는 다른 방향으로 가고 있었는데, 아까보다 훨씬 다급해 보였다.

무민이 소리쳤다.

"우리 전나무 좀 보세요."

헤물렌의 이모가 말했다.

"세상에나. 너희 가족은 늘 별나다니까. 이제 가 봐야겠구나……. 크리스마스 요리를 만들어야 하거든."

놀란 무민이 되뇌었다.

"크리스마스 요리라니. 크리스마스가 음식도 먹어요?"

헤물렌의 이모는 제대로 듣지도 않았다.

"크리스마스 요리 없이 크리스마스를 어떻게 지내니."

성마르게 말한 헤물렌의 이모는 썰매를 끌며 언덕 아래로 내려갔다.

오후가 다 가도록 무민마마는 분주하게 움직였다. 땅거미가 내리기 바로 전에 완성된 크리스마스 요리는 작은 잔에 담겨 전나무를 빙 둘러 차려졌다. 주스와 양푼에 담긴 발효유와 블루베리 파이와 달걀 토디와 무민 가족이 좋아하는 온갖 음식이 모두 있었다.

무민마마가 걱정스럽게 물었다.

"크리스마스가 너무 허기졌으면 어쩌죠?"

무민파파가 군침을 흘리며 말했다.

"나보다 더 허기지진 않을걸요."

무민파파는 담요를 귀까지 뒤집어쓰고 눈밭에 앉아 추위에 떨고 있었다. 하지만 작은 생명들은 언제나 거대한 자연의 힘 앞에서 더없이 공손하게 굴어야 하는 법이다.

저 아래 골짜기에 나 있는 창문마다 촛불이 타오르기 시작했다. 나무 아래와 나뭇가지 사이에 있는 둥지마다 불이 빛나고 있었고, 쌓인 눈 위로는 가물거리는 불빛이 이리저리 바삐 오가고 있었다.

무민은 무민파파를 쳐다보았다.

무민파파가 고개를 끄덕이며 말했다.

"그래. 위험할지도 모르니까."

그러자 무민은 집으로 들어가 닥치는 대로 초를 긁어 모았다.

초를 눈에 꽂은 무민은 어둠과 크리스마스를 달래 줄 촛불이 모두 타오를 때까지 하나씩 차례대로 조심스럽게 불을 붙였다. 가족들은 곧 닥칠 위험한 무언가를 안전하게 기다리려고 모두 집 안으로 들어가 앉아 있었고, 골짜기는 정적에 잠겼다. 여전히 나무 사이를 돌아다니는 외로운 그림자가 하나 있었으니, 바로 헤물렌이었다.

무민이 천천히 소리쳤다.

"헤물렌, 크리스마스가 곧 올까?"

헤물렌은 거의 대부분 가위표가 덧그어진 기다란 목록에 코를 박은 채 퉁명스럽게 말했다.

"귀찮게 굴지 마."

그러더니 촛불 옆에 앉아 수를 헤아리기 시작했다.

헤물렌이 중얼거렸다.

"엄마, 아빠, 개프지, 사촌들 모두……. 고슴도치 할아버지……. 꼬맹이들은 빼야지. 작년에 스니프도 나한테 아무것도 안 줬으니까. 미자벨이랑 훔퍼, 고모……. 정신이 하나도 없네."

스노크메이든이 걱정스럽게 물었다.

"왜 그래? 그분들한테 무슨 일이라도 생겼어?"

헤물렌이 소리쳤다.

"선물 말이야. 해마다 크리스마스가 되면 줘야 할 선물이 점점 더 많아지잖아!"

헤물렌은 떨리는 손으로 목록에 가위표를 하나 더 긋고는 자리를 떠났다.

무민이 소리쳤다.

"잠깐만! 설명 좀 해 줘……. 그리고 네 노란 장갑 말인데……."

하지만 크리스마스가 온다며 정신없이 바빠 보이던 다른 이들처럼 헤물렌도 어둠 속으로 사라져 버렸다.

그래서 무민 가족은 선물을 찾으러 재빨리 집 안으로 들어갔다. 무민파파는 가장 좋은 강꼬치고기 낚시찌가 들어 있는 무척 아름다운 상자를 골랐다. 그 위에 '크리스마스에게'라고 쓴 다음, 상자를 눈밭 위에 내려놓았다. 스노크메이든은 살짝 한숨을 내쉬며 발찌를 풀어 비단 종이로 포장했다.

무민마마는 비밀 서랍을 열어 알록달록한 그림이 실려 있는 책을 꺼냈는데, 온 골짜기를 통틀어 딱 한 권뿐인 채색된 책이었다.

무민은 선물을 굉장히 예쁘게, 또 워낙 비밀스럽게 포장

한 탓에 무엇을 준비했는지 아무도 보지 못했다. 시간이 한참 지나 봄이 된 뒤에도 무민은 어떤 선물을 주었는지 절대 말하지 않았다.

그러고는 모두 눈밭에 모여 앉아 재앙을 기다렸다.

한참 시간이 지났지만, 아무 일도 일어나지 않았다.

장작 창고 뒤에서 아까 차를 마셨던 작은 토플이 나타났을 뿐이었다. 토플은 친척들과 친척들의 친구들을 모두 데려왔는데 하나같이 조그맣고 잿빛이었으며 추워서 오들오들 떠는 모습이 가엾어 보였다.

토플이 수줍어하며 작게 속삭였다.

"크리스마스 즐겁게 보내세요."

무민파파가 말했다.

"크리스마스가 즐겁다고 생각하는 이는 정말이지 네가 처음이란다. 크리스마스가 오면 무슨 일이 일어날지 무섭지도 않니?"

토플이 친척들과 눈밭 위에 앉아 중얼거렸다.

"크리스마스가 여기 있잖아요. 좀 봐도 돼요? 전나무가 정말 너무 예뻐요."

토플의 친척 하나가 꿈을 꾸듯 말했다.

"음식도요."

다른 친척이 말했다.

"진짜 선물도요."

"이제껏 이걸 이렇게 가까이에서 얼마나 보고 싶었는지 몰라요."

토플은 이렇게 말을 마치고는 한숨을 내쉬었다.

이제 아무 소리도 없이 고요해졌다. 촛불은 흔들리지도 않고 평온하게 밤을 밝혔다. 토플과 친척들은 아무 말 없이 가만히 앉아 있었다. 토플과 친척들이 무민 가족의 전나무를 얼마나 동경하고 감탄하는지 점점 더 강렬하게 느껴지자, 결국 무민마마가 무민파파의 곁에 가까이 다가가 속삭였다.

"별일 없겠죠."

무민파파가 반대했다.

"그렇기는 하지만."

무민이 말했다.

"아무튼요. 혹시라도 크리스마스가 화내면 우리는 베란다로 피할 수도 있잖아요."

그러더니 돌아서서 말했다.

"자, 너희한테 다 줄게."

토플은 눈앞에 벌어진 일을 믿을 수가 없었다. 토플이 조심스럽게 전나무로 다가섰고, 토플의 친척들과 친구들 모두 경건한 마음으로 수염을 떨면서 뒤따랐다.

토플과 친척들과 친구들은 크리스마스를 제대로 지내본 적이 한 번도 없었다.

무민파파가 걱정스럽게 말했다.

"이제 들어가야 하지 않을까 싶구나."

무민 가족은 재빨리 베란다로 달려 올라가서 탁자 밑으로 숨었다.

아무 일도 일어나지 않았다.

결국 무민 가족은 불안한 눈빛으로 조심스레 창밖을 내다보았다.

작은 토플들이 바깥에 앉아 먹고 마시고 선물을 열어보며 그 어느 때보다도 즐거운 시간을 보내고 있었다. 토플들은 전나무에 올라가서 불붙은 초를 가지에 걸어 놓기까지 했다.

토플의 외삼촌이 말했다.

"나무 꼭대기에는 커다란 별이 있어야 하는데."

토플은 무민마마의 빨간 비단 장미를 골똘히 쳐다보며 말했다.

"그렇게 생각하세요? 진짜 있다고 생각만 해도 크게 차이 나지 않겠는데요?"

무민마마가 속삭였다.

"별도 하나 준비했으면 좋았을 텐데. 하지만 그럴 수 없었단다!"

무민 가족은 저 멀리 새까맣지만 여름보다 천 배는 더 많은 별이 수놓아진 하늘을 올려다보았다. 수많은 별 가운데 가장 큰 별이 무민 가족의 전나무 꼭대기 바로 위에 떠 있었다.

무민마마가 말했다.

"이제 좀 졸리네. 어떻게 된 일인지 생각할 여력도 없어. 하지만 괜찮아 보이는구나."

무민이 말했다.

"아무튼 저는 이제 크리스마스가 두렵지 않아요. 헤물렌이랑 개프지랑 헤물렌의 이모가 크리스마스를 잘못 알았나 봐요."

그 뒤 무민 가족은 헤물렌의 노란 장갑을 눈에 잘 띄는 베란다 난간에 두고 봄을 기다리는 동안 더 자러 갔다.